Pierre Dietz

Sisi
in der Normandie

und andere Kurzgeschichten

Contrabasta

Sisi in der Normandie und andere Kurzgeschichten

Bibliografische Information der Deutschen Nationalbibliothek:
Die Deutsche Nationalbibliothek verzeichnet diese Publikation
in der Deutschen Nationalbibliografie; detaillierte bibliografi-
sche Daten sind im Internet über dnb.dnb.de abrufbar.

Originalausgabe
Ein Contrabasta-Projekt, www.contrabasta.de
© 2021 by Pierre Dietz, alle Rechte vorbehalten!
Fotografen: Ingrid Ruch, Martin Fenske, Pierre Dietz
Satz und Gestaltung: pierre-dietz.de
Erstleser: Martin Fenske
Herstellung und Verlag:
BoD – Books on Demand, Norderstedt

ISBN 978-3-75439-892-0

Pierre Dietz

Sisi
in der Normandie

und andere Kurzgeschichten

In Erinnerung an
Cricri und Dieter

Inhalt

Sisi *in der* Normandie

Sisi in der Normandie
Eine Kaiserin in der Sommerfrische

Mit aller Kraft stemmt sich die junge Monarchin gegen den Druck der einsetzenden Ebbe. Der Sog der Strömung steigt merklich an. Die Steilküste entfernt sich rasant. Je mehr die geübte Schwimmerin gegen die Gezeiten ankämpft, desto eher schwinden ihre Kräfte.

„Hilfe!", ruft die Verzweifelte mehrfach zur dampfbetriebenen Jacht »Le Bordeaux« hinüber.

***

Wien im Jahr 1874

Elisabeth, die Kaiserin von Österreich und Königin von Ungarn, hat den unbändigen Drang nach körperlicher Betätigung. Ihr ist nach Ablenkung von der unsäglichen Langeweile bei Hofe.

„Marie braucht dringend Luftveränderung!", kommt ihr der kaiserliche Leibarzt Doktor Widerhofer zu Hilfe.

Sofort wendet sich Sisi an ihren Gemahl Franz-Josef.

„Die Staatsgeschäfte erlauben mir derzeit nicht", erwidert der Kaiser, „Wien zu verlassen!"

„Ich fahre zu meinem Bruder nach Garatshausen! Die Gesundheit unserer Tochter fordert keinen Aufschub!"

„Louis wird sich sicher freuen, dich und die Kleine mal wiederzusehen."

„Der Würmsee erinnert mich stets an meine Kindheit!"

„Was hat denn die Kleine?"

„Marie bekommt oft Atemnot."

„Widerhofer soll unsere kleine Erzherzogin gründlich untersuchen. Der Herr Doktor wird dich ohnehin auf der Reise begleiten."

***

Nach Differenzen mit ihrem Bruder zieht Sisi eine Woche später nach Bad Ischl in die kaiserliche Sommerresidenz.

Die Kaiserin bittet ihren Arzt um ein Gespräch unter vier Augen.

„Die Berge machen mich verrückt! Ich fühle mich eingeengt und bekomme keine Luft. Außerdem kann ich keinen Schritt ohne Reporter machen. Ich will mich frei bewegen! Was soll ich nur tun?"

„Da kann ich Ihrer Majestät nur einen Badeurlaub anraten. Die Meeresluft ist heilsam. Besonders für die kleine Erzherzogin."

Dr. Herman von Widerhofer

„Österreich liegt nicht gerade am Meer!"

„Reisen Sie nach Frankreich! Ich selbst bin einmal in der Normandie gewesen. Das Klima dort ist gut gegen Depressionen!"

„Frankreich wird mir gefallen. Dort muss ich mich an keine Regeln halten!"

„Die Franzosen haben die Monarchie abgeschafft, zeigen sich dennoch gerne in der Gesellschaft des Hochadels. Ich denke, ich kann Ihnen die Küste der Normandie wärmstens ans Herz legen!"

„Mein Gatte wird niemals einverstanden sein!"

„Ich werde Ihrer Majestät für die Tochter ein Attest ausstellen. Die Kleine benötigt dringend Seebäder. Das wird ihn überzeugen. Die Gesundheit ihrer Tochter liegt dem Kaiser immer am Herzen!"

***

Zurück in Wien trägt Sisi ihrem Gatten ihr Anliegen vor.

„Frankreich?", ist der Kaiser schockiert.

„In einen Staat ohne Monarchie zu reisen ist für mich

　　　　　　　　　　　Sisi in der Normandie

weniger anstrengend, da ich dort keine Pflichtbesuche abstatten muss!"

„Dank deren Linken pflegen wir keine guten Beziehungen zu diesem Volk! Die Franzosen gewähren unseren Anarchisten Asyl! Dort ist dein Schutz nicht gewährleistet! In diesem Land wird dir ein Unglück geschehen!"

„Was soll mir denn schon passieren?"

„Ich sehe, du hast deinen Entschluss bereits gefasst und wirst nicht umzustimmen sein! Aber bedenke, welchen Eindruck dein Aufenthalt auf die Monarchie in Berlin haben wird."

„Ich werde keinen offiziellen Staatsbesuch daraus machen und inkognito reisen. Deine Worte bezüglich meiner Sicherheit geben mir zu denken! Ich werde noch vor meiner Abreise mein Testament aufsetzen."

„Ich werde Baron von Nopcsa beauftragen, für deine Sicherheit zu sorgen! Graf Linger, unser Hofsekretär, leitet das Vorauskommando, um eine standesgemäße Unterkunft für dich zu finden."

„Das wird ihm die Gelegenheit geben, seiner neuen Königin dienlich zu sein. Sage den Herrschaften, ich wünsche mir entweder ein rustikales an der Küste gelegenes oder ein ländliches Château!"

„Was sagt denn Widerhofer zum Thema Unterkunft?"

„Der Doktor hat mir Fécamp empfohlen. Das Hafenstädtchen liegt an einer Küste mit rauem Klima. Selbst im Sommer ist die Normandie angenehm kühl und der Ort liegt in einer waldreichen Gegend!"

„Ist das nicht zu weit von der Zivilisation entfernt?"

Foto: Privatarchiv Max Cabot

Baron Franz von Nopcsa

*„Wenn dort kein Zug hinfährt, haben die Bewohner ihre
Ursprünglichkeit und ihre Sitten bewahrt!"*

***

Mai 1875

Graf Linger und der Baron Franz Freiherr von Nopcsa von Felsős-
zilvás kommen in Fécamp an. Zu ihrer Verwunderung ist der
halbe Ort eine Baustelle. Entlang des »Strandes der Seilereien«
(Plage des Corderies) sind weitreichende Umbaumaßnahmen in
Gang. In diesem Ort einen würdigen und lärmfreien Wohnraum
für die Kaiserin aufzutreiben ist unmöglich.

„Da hat uns der Widerhofer ein salziges Süppchen ein-
gebrockt!", beschwert sich Graf Linger über die bevorste-
hende Aufgabe.

„Jeder mietet sich eine Droschke!", schlägt Baron von
Nopcsa vor. „So erkunden wir den Küstenabschnitt gleichzeitig nach Norden und nach Süden hin."

„Ich kenne mich in der Normandie nicht aus! Sie sprechen
wenigsten Französisch! Ohne Sie bin ich nicht in der Lage,
jemanden zu befragen! Warum suchen wir nicht gemeinsam
nach einem geeigneten Schloss?"

Foto: Privatarchiv Max Cabot

Eingang zum Schloss von Sassetot-le-Mauconduit.

„Weil das die Suche nach der Nadel im Heuhaufen ist. Knapp fünfzig Leute müssen untergebracht werden. Das erfordert ein geräumiges Haus, das am Meer liegt und gleichzeitig landestypisch ist."

„Wir brauchen ein entsprechendes Hotel. An der Mündung der Seine, in Le Havre, befinden sich Villen für Pariser Gäste."

„Die Kaiserin verabscheut Hotels! Die gnädige Dame möchte privat unterkommen. Sisi fürchtet den Ansturm der Presse und den Andrang der Offiziellen."

***

Am nächsten Morgen macht sich Baron von Nopcsa auf die Suche. Der Obersthofmeister hat vor, nach einer ländlichen Unterkunft zu suchen. Zufällig führt ihn der Weg nach Sassetot-le-Mauconduit. Dort steht ein passables Château mit einem royalen Garten. Dahinter erstreckt sich eine private Pferderennbahn. Der Baron ist begeistert und klingelt. Kurze Zeit später öffnet ein Portier das Gittertor.

„Kann ich bitte den Eigentümer sprechen?"

„Monsieur Perquer? Sie sind nicht aus Frankreich – nicht wahr? Sie haben einen recht deutschen Akzent!"

„Ich komme aus Österreich!"

„Seit dem Krieg von 1870 mögen wir nichts, das uns an Preußen erinnert!"

„Kann ich Herrn Perquer sprechen?"

„Schon möglich! Gehen Sie hinein!"

Vor dem dreißig Meter langen Bauwerk steht der Schlossherr. Der Nachfahre der Normannen hat eine erstaunliche Körpergröße. Seine listigen Augen beobachten den Ankömmling, der auf ihn zu schreitet. Der Ausländer nimmt militärische Haltung an.

„Habe ich die Ehre, mit Herrn Perquer zu sprechen?"

„Höchstpersönlich!"

Der Überraschungsgast verneigt sich höfisch.

*„Ich bin Baron Franz von Nopcsa", setzt der Gesandte in
fehlerfreiem Französisch fort. „Ich bin Rittmeister der
österreichischen Armee. Verzeihen Sie meinen nicht ange-
kündigten Besuch!"*

*„Kommen Sie herein!"
Perquer bittet den Fremden
in den Salon und fordert ihn
auf, sich auf das Sofa unter
der Zimmerpalme zu setzen.*

*„Ich komme im Auftrag
einer namhaften öster-
reichischen Dame, die
ungenannt zu bleiben
wünscht. Ich suche für
die Besagte ein malerisches und recht geräumiges Schloss
für den Sommer. Ihr Anwesen scheint mir das Richtige zu
sein. Daher meine Frage, ob Sie dieses Anwesen vermieten?"*
Die Anfrage macht Herrn Perquer zunächst sprachlos.

*„Das Schloss vermieten?", kehrt nach tiefem Schnaufen
seine Fassung zurück. „Welch eine absurde Idee!"*

„Ernsthaft?", macht der Baron seiner Enttäuschung Luft.

*„Ich versichere Ihnen, Monsieur, meine Auftraggeberin
wird nicht auf den Preis schauen."*

*„Ihr Geld interessiert mich nicht! Ich bedaure, die Vermie-
tung des Schlosses ist ausgeschlossen."*

*„In Frankreich ist nichts unmöglich", versucht der Baron
zu scherzen, „sagt der Volksmund!"*
Der Normanne erhebt sich.

*„In diesem Landstrich, dem »Pays de Caux«, Herr Baron,
sind die Verhältnisse anders!"*
Nopcsa steht ebenfalls auf.

„Äußerst bedauerlich! Wenn Sie ihre Meinung ändern, ..."

„Ich wiederhole, da ist nichts zu machen, mein Herr!"
Perquer schaut dem Fremden fest in die Augen.

„Nennen Sie mir den Namen dieser Frau!"

Der Baron zuckt zusammen und verursacht durch sein Nachdenken einen langen Moment der Stille.

„Ihr Schweigen zwingt mich, auf meiner Entscheidung zu beharren!"

Nach einem Rundgang durch den Park trifft der Österreicher erneut auf den Portier.

„Haben Sie Herrn Perquer angetroffen?"

„Einen vorzüglich angelegten Garten, den Sie da haben!"

***

Am nächsten Tag erhält die Kaiserin ein Telegramm. Linger empfiehlt ihr ein Anwesen in Étretat. Nopcsa berichtet von den Schwierigkeiten mit dem sturen Schlossherrn. In ihren Fernschreiben stellt Sisi immer wieder Fragen zu den beiden Orten. Die beiden Herren pilgern täglich zum Postamt, um diese zu beantworten. Nach zwei Wochen fällt der Groschen. Nopcsa fährt mit erweiterten Vollmachten erneut nach Sassetot. Monsieur Perquer schlendert ihm von Weitem entgegen.

„Zwei Wochen lang haben wir uns über ihren letzten Besuch amüsiert!"

„Mein erneutes Vorsprechen versetzt Sie nicht in Erstaunen, Monsieur?"

„Wir haben uns über Ihr Ausbleiben gewundert!"

„Ihr Haus entspricht exakt den Vorstellungen meiner Auftraggeberin! Wenn Sie erfahren, wer jene ist, ändern Sie Ihre Meinung."

„Denken Sie Herr Baron?", fragt Perquer, dem offen ausgesprochene Beharrlichkeit zuwider ist. „Die Frauen in Ihrem Land scheinen teuflisch stur zu sein!"

„Monsieur!", sagt der Österreicher mit feierlichem Unterton. „Ich bin der Gesandte der Gräfin Hohenems."

Perquer schaut ihn ratlos an.

„Und diese Gräfin von Hohenems hat eine hohe gesellschaftliche Stellung in Ihrem Land? Mir scheint nie von ihr gehört zu haben."

Schloss von Sassetot-le-Mauconduit.

Der Baron beugt sich vor und flüstert dem Schlossherrn die Antwort ins Ohr. Die Wirkung ist niederschmetternd.

„Ach! Das ist natürlich eine andere Situation! Ich bin angenehm überrascht, Monsieur! Sagen Sie der Gräfin von Hohenems, ich fühle mich geehrt und bin glücklich, mein Anwesen Ihrer Majestät zur Verfügung zu stellen!"

Der Baron legt bedeutungsvoll seinen Zeigefinger auf seine Lippen.

***

Sisi begibt sich mitsamt ihrem Gefolge von siebzig Bediensteten auf den Weg nach Frankreich. Mit einem Sonderzug erreicht die Kaiserin den Bahnhof von Le Havre. Ein Konvoi an Kutschen bringt die Gefolgschaft nach Sassetot-le-Mauconduit. Nach kurzer Eingewöhnungszeit in das Backsteingebäude im Stil Louis XIV genießt die Monarchin ihre Ferien. Durch ihre abweisende Art gegenüber heimischen Würdenträgern sind diese nicht gut auf die Fremde zu sprechen.

Graf Charles Linger engagiert den Weinhändler Pierre Milon aus Fécamp täglich das Lager des Schlosskellers aufzufüllen. Eines Tages bittet Baron Nopcsa den Lieferanten um ein Gespräch.

„Wir beabsichtigen, Ausflüge auf dem Meer zu unternehmen.
Der französische Staat hat uns bereits ein Schiff angeboten.
Ihre Majestät weigert sich, von offizieller Seite Geschenke
anzunehmen und besteht auf eine kleine Jacht. Besteht die
Möglichkeit, in Fécamp ein Boot dieser Art zu mieten?"
„Ich befürchte, im hiesigen Hafen liegen ausnahmslos
Fischerboote. Ich habe einen Freund in Rouen, der Ihnen
seine Dampfjacht »Le Bordeaux« zur Verfügung stellt."
„Bordeaux?"
„Monsieur Lafond hat sein Boot nach seinem Lieblingswein
benannt, nicht nach der Stadt."

***

Im Jagdrevier neben dem Schloss liegt der Hindernisparcours
»Le Bosquet«. Auf Sisis Wunsch hin setzen die Bediensteten die
von der Natur überwucherte Anlage wieder instand. Nachdem
die Arbeiten beendet sind, spricht Baron Nopcsa mit dem engli-
schen Reitlehrer Allen.

„Das Hippodrom ist wieder frei! Üben Sie mit der Kaiserin
Springreiten!"

„Das ist ein gefährlicher Spaß! In vollem Galopp rutscht
das Pferd auf dem Moos aus oder stolpert über die in die
Strecke ragenden Wurzeln!"

„Demnächst bekommt der Stall einen Neuzugang. Bringen
Sie das Feuer in diesem Tier zum Glühen! Sisi erwartet ein
Vollblut mit viel Temperament!"

„Ich schlage ihr vor, die Hindernisse entgegen der üblichen
Richtung anzugehen."

„Ich sehe, eben verstehen Sie mich!"

11. September 1875

Das Jungpferd trifft ein. Allen reitet das Tier müde, bevor die
Kaiserin den Parcours erreicht. Sisi galoppiert auf sein Anraten
falsch herum los. Der Hengst springt einwandfrei über die erste
Hecke und den Graben. An einer aus dieser Richtung zu hohen

Mauer bleibt eine Hufe hängen. Sisi schätzt die Lage falsch ein. Das Ross kommt ins Straucheln und stürzt. Die Reiterin verliert das Gleichgewicht, fällt aus dem Sattel, schleudert gegen eine junge Eiche und landet hart auf dem Rasen. Ihr wird schwarz vor Augen.

Percyval Bayzand wartet am anderen Ende der Reitbahn auf die Rückkehr seiner Schülerin. Da sieht der englische Stallmeister das Tier ohne Reiter. Der alte Gutsherr rennt bestürzt zu seinem Pferd und danach zu der Verunglückten. Ihre Augen sind geschlossen und ihr Gesicht ist blass. Das Wäldchen ist menschenleer. Niemand ist in Rufweite. Der Engländer eilt los, um Hilfe zu holen. Ein Diener begleitet ihn zurück und hilft, die Bewusstlose ins Schloss zu tragen. Der Doktor ist nicht anwesend!

„Wo befindet sich der Arzt?", fragt Baron Nopcsa scheinheilig.

„Ihr Leibarzt hat sich bei einer Familie in Petit-Dalles einquartiert!", weiß die Hofdame Gräfin Mary Festetics de Tolna.

„Schickt eine Droschke, ihn zu holen! Wie ist das Befinden der Kaiserin?"

„Sisi ist noch immer ohne Bewusstsein!"

***

Der Kutscher entdeckt Widerhofer am Strand. Unkorrekt gekleidet, erreicht der Vertrauensarzt Elizabeth, die vom Personal auf einen Gartenstuhl gesetzt worden ist. Ein Bluterguss hat sich auf ihrer Stirn gebildet und ihre Augen schauen abwesend auf einen fixen Punkt. Der Arzt flößt ihr Wasser ein und versucht, mit ihr zu sprechen. Sisi scheint einzig ihre Tochter zu erkennen.

„Nicht weinen, Marie, das schmerzt mich mehr als meine Verletzung!"

Der Arzt findet keinen Bruch und hofft insgeheim auf innere Blutungen.

„Was ist geschehen?"

„Ihre Majestät ist vom Pferd gefallen und hat vermutlich eine Gehirnerschütterung."

Sisi und ihre Tochter Marie.

„Ich bin gar nicht reiten gewesen! Wie spät haben wir?"

„Zehn Uhr dreißig, Majestät."

„Am Morgen? Aber ich bin noch nie um diese Zeit geritten!"
Die Kaiserin schaut verwundert auf ihre Kleidung. Ein Diener
holt das an den Knien blutende Tier.

„Was ist mit dem Pferd?"

„Die Wunden stammen von dem Sturz, Majestät."

„Ich kann mich nicht an einen Unfall erinnern. Haben Sie
Karotten?"

Sisi hat vor aufzustehen, um das Pferd zu füttern. Ihr Körper reagiert
nicht. Daraufhin begreift die Verunglückte, was geschehen ist.

„Wo ist der Kaiser? Wo sind wir?"

„In der Normandie, Majestät."

„Was haben wir in Frankreich verloren? Wenn Ihre Worte
wahr sind, habe ich mich ziemlich dumm angestellt! Reiten
werde ich zukünftig besser sein lassen. Ich bitte Sie, schreiben Sie dem Kaiser nicht von meinem Missgeschick!"

Der Hofstaat ist bestürzt und im Schloss herrscht dicke Luft. Alle sprechen mit leiser Stimme. Düstere Gedanken drücken auf die Stimmung. Die sonst lebhaften Österreicher sind depressiv und ziehen lange Gesichter.

***

„Der Kaiser plant", zieht Doktor Widerhofer den Baron Nopcsa zur Seite, „seine Frau in Sassetot zu besuchen!"
„Der Sturz sollte tödlich enden! Schreiben Sie dem Kaiser, seine Gattin ist auf dem Weg der Genesung! Keiner darf auf die Idee einer vorzeitigen Abreise der Kaiserin kommen! Und der Gemahl soll seiner Jagd auf Gämsen nachgehen!"
„Alle Blicke sind auf Elizabeth gerichtet! Wir vertagen unser Vorhaben auf eine andere Gelegenheit!"
„Verlieren Sie jetzt nicht die Nerven! Ich habe die Jacht bereits gemietet! Sagen Sie der Kaiserin, einer Heimreise in ihrem Zustand, stimmen Sie nicht zu! Empfehlen Sie ihr, schwimmen zu gehen! Am besten bei einsetzender Ebbe."
„Das wird funktionieren! Leichte körperliche Betätigungen zur Beruhigung der Frakturen ..."
„Klingt plausibel!"

***

Vor ihrer Abreise schenkt die Kaiserin dem Kapitän der Dampfjacht »Le Bordeau«, Pierre-Alexandre Poret, eine goldene Uhr.
„Ohne Ihre Hilfe wäre ich ertrunken! Diese Taschenuhr ist als Erinnerung an die Zeit gedacht, die mir Ihretwegen zum Leben vergönnt ist! Was kann ich sonst für Sie tun?"
„Ich habe einen Sohn, der recht intelligent ist. Leider habe ich nicht die Mittel, Alexandre George auf eine höhere Schule zu schicken, Majestät."
„Ich werde bis zu seiner Volljährigkeit die Kosten für seine Ausbildung übernehmen!"

Foto: Pierre Dietz

Die Steilküste unterhalb von Sassetot-le-Mauconduit.

Jugendzeit
in Paris

Teil 1

Foto: Pierre Dietz

Im »Louvre«

Paris, Gare de l'Est, Frühjahr 1978

Meine Tante, die ich Cricri nannte, wartete wie verabredet an der Lokomotive auf mich. Ich war vierzehn und die Zugfahrt ohne Begleitung von Erwachsenen für mich ein aufregendes Abenteuer. Meine Mutter hatte mich in »Mainz« an den Bahnhof gebracht und in einen Zug gesteckt, der ohne Umsteigen durchgefahren ist. Damals war ein Teil der Strecke nicht elektrifiziert und die Diesellok der Deutschen Bahn tauschte die SNCF erst in »Metz« gegen eine französische E-Lok aus, was eine geschlagene Stunde beansprucht hat.

***

Cricri war genauer gesagt die Tante meiner Mutter, die sich mit ihren damals dreiundfünfzig Jahren und dem Aussehen nach verbat, sich mit Großtante ansprechen zu lassen. Sie arbeitete bei der France Télécom und kümmerte sich dort um die Belange der Besatzungen dreier Kabelleger-Schiffe. Dank ihres Beamtenstatus hatte sie das Anrecht auf eine Bedienstetenwohnung, die in der »Rue de Richelieu« keine dreihundert Meter vom Louvre entfernt, unter dem Dach des »Hôtel Dodun« lag. Ludwig XVI. ließ in diesem Haus ausländische Diplomaten wohnen. Das zweigeteilte Appartement war vor der Revolution eine der Unterkünfte für Bedienstete. Hundert Stufen hatte die Freitreppe. Das Treppenhaus war mit Engelfiguren und Fresken verziert. Ein Aufzug einzubauen war aus Denkmalschutz-Gründen nicht gestattet. Ich erhielt einen Satz Wohnungsschlüssel, bei denen der Gedanke nicht abwegig war, sie gehörten zu einem Château. Die enormen Ausmaße erklären sich durch die massive Dicke der Türen aus dem Jahr 1750.

***

Bevor Cricri zur Arbeit fuhr, frühstückten wir gemeinsam. Für das Mittagessen hatte sie mir täglich eine Mahlzeit zum Aufwärmen vorbereitet. Paris stand mir während ihrer Abwesenheit den ganzen Tag offen. Da ich mich überwiegend mit Kunst beschäftigte, zog mich der Louvre in seinen Bann. Im Hof standen keine Pyramiden und zwei Drittel des Gebäudes belegte das Finanzministerium. Der Eingang lag in der Mitte des Südflügels. In altmodischen Kassenhäuschen aus Holz und Glas saßen zwei alte Damen, die recht vornehm in mit Rüschen besetzten Kleidern darauf warteten, ob sich jemand hierher verirrte. Ich legte meinen deutschen Schülerausweis vor und die eine fragte zunächst die andere, ob das Dokument zu akzeptieren sei. Die Bejahung erlaubte mir, das Museum jederzeit kostenfrei zu betreten.

Im »Louvre« war es unter der Woche gähnend leer. Ein paar Rentner schlurften durch die enormen Säle. Auf den Sitzgelegenheiten kauerten vereinzelt Kunststudenten, die Skizzen der Gemälde für ihr Studium anfertigten. Bei meinen Erkundungen entdeckte ich neben dem zentralen Aufgang, auf dessen Absatz die kopflose Statue der »Nike von Samothrake« stand, eine unscheinbare Treppe, die in den Keller führte. Keine Menschenseele. Ein unterdimensioniertes Schild wies auf eine Abteilung mit vorderorientalischen Artefakten hin. Ich vermutete, dieser Abstieg sei den Mitarbeitern des Museums vorbehalten. Ich fragte an der Kasse, ob ich hinabsteigen dürfe. Die Damen, die mich unterdessen kannten, erlaubten mir das gerne, denn außer mir würde sich sonst keiner dafür interessieren.

Ich stieg hinab. Die Luft dort unten war recht kühl. Das spärliche Licht beschleunigte meinen Herzschlag. In einem Saal standen Skulpturen auf Holzpaletten sowie Stelen und anderen mit seltsamen Zeichen übersäte Gegenstände. Ohne je von diesen gehört zu haben, erkannte ich Schriftzeichen und bedauerte fehlende Übersetzungen. Munter untersuchte ich die Exponate genauer und hob einzelne Stücke an, um alle Seiten zu betrachten. Ich streichelte »Gudea von Lahasch« (2141 vor Christus) übers

Haupt und lächelte der Statue des »Ebih-Il« aus Mari zurück. Dort lagen Rollsiegel, Tontafeln und modern anmutende Werkzeuge. Tage verbrachte ich in dieser Schatzkammer. Erst Jahre später entdeckte ich Literatur zu den Keilschriften, mit denen ich mich noch heute befasse.

Trotz der unzähligen Besuche habe ich ein Bild lange Zeit nicht gefunden. Das Meisterwerk schlechthin entzog sich geschickt meiner Aufmerksamkeit. Überall waren Hinweisschilder angebracht. Immer in die gegengesetzte Richtung, aus der ich gekommen war. Überwältig von Da Vincis »Abendmahl« beachtete ich in dieser Halle die anderen Bilder nicht. Jahre später amüsierte ich mich über japanische Touristen, die einen »Sicherungsschrank der elektrischen Anlage« fotografierten. Mein Blick fiel durch das Panzerglas dieses Kastens. Dort hing die »Mona Lisa«, von der Seite in einem Holzkasten versteckt. Heute befindet sich das Werk auffällig platziert mitten im Gang entlang der Seine.

Fotos (2): Pierre Dietz

Gläserne Pyramide im Hof des Louvre.

Foto: Pierre Dietz

Bis zur Fertigstellung der Pyramiden freuten sich meine betagten Kassiererinnen, wenn ich vorbeischaute. Mit der Zeit kamen unter der Woche immer mehr Besucher. An den monatlich jeweils kostenfreien Tagen war der Andrang unerträglich. Mit der Inbetriebnahme der neuen Kassen waren die Damen leider verschwunden.

Wer es wagt, die Attraktion der neuen orientalischen Abteilung anzufassen, riskiert eine saftige Strafe oder zumindest einen Verweis durch das Aufsichtspersonal. Ich schreibe aus eigener Erfahrung. Die Exponate sind doch alte Bekannte von mir!

∽

Im Louvre

Der Fluchtweg

Das Erdreich unter Paris glich in meiner Kindheit einem löchrigen Käse. Der Zugang in das bis zu fünfunddreißig Meter hinab reichende Labyrinth war eine unscheinbare Tür unter der Nottreppe. Niedrige Gänge führten zu den Kellern, Wohnungen und Steinbrüchen. Dazwischen ein Kino, ein Friedhof, das Abwassersystem und die Metro. In Räumen von der Dimension von Kirchen hat es Konzerte, Aufführungen oder Messen gegeben.

***

Meine Tante hatte zwei Kellerräume. Der höher Gelegene war ein trockenes Lager für gebrauchte Möbel und Gästeliegen und der eine Etage tiefer, ein feuchtes Gewölbe, das den Weinvorrat beherbergte. Der schwarzen Wände wegen reichte das vorhandene Leuchtmittel nicht, um nach altem Wein oder Champagner zu suchen. Ohne Taschenlampe war das Betreten dieses Raumes unmöglich.

Der Vorsteher des Postamts in der »Rue Molière«, ein Kollege meiner Tante, weihte uns in ein Geheimnis des »Hôtel Dodun« ein. Neben dem Eingang zum Treppenhaus versteckte sich rechts daneben ein nicht auf Anhieb erkennbares Tor hinter einem Anbau aus neuerer Zeit. Eine Rampe führte in eine Halle im Keller, in der zwei angespannte Staatskarossen Platz hatten.

Von hier verlief ein Tunnel zur »Comédie-Française«, den wir ein Stück entlanggingen. Immer wieder änderte sich seine Richtung. An der Decke begleitete uns ein wirres Gebilde an Strom- und Telefonkabeln. Dieses Gewirr aus Seitengängen im modrigen Kalkstein, führte über schmale Treppen in unbekannte Tiefen oder Nischen, die mit Holz vergattert waren. Was dort verborgen lag? Mit Sicherheit war die eine oder andere Champignon-Zucht darunter. Türen schützten private Kellerräume vor Dieben. Wie viele Verirrte hier nie wieder herausgefunden hatten, entzog sich der Kenntnis unseres Führers. In den Boden gehauene Stufen führten uns mal tiefer und mal höher dem Schauspielhaus entgegen.

Durchgang versperrt! Die Wegweiser an der Tür sind noch zu sehen.

Ein paar Jahre später ließ der Bürgermeister die Gänge in der ganzen Stadt aus Sicherheitsgründen zumauern. Zu viele Obdachlose und illegale Einwanderer lebten in dieser lichtlosen Welt. Ganoven nutzten die Fluchtwege, um Keller zu plündern oder sich dort vor der Polizei zu verstecken. Zurück zum Weinlager meiner Tante. Alter Wein schmeckt nicht zwingend besser!

৵

Mäuse

Eine Handvoll Straßenfeger reinigte jeden Morgen die Bürgersteige im Zentrum von Paris. Ein Teil fuhr auf Motorrädern, deren rotierende Besen die Tretminen vom Vortag entfernten. Wer sich früh am Morgen um sechs Uhr zur Arbeit begab, sparte das Schuhputzen. Im Laufe des Tages vermehrte sich der Unrat. Bis zum Abend füllten sich die Gehwege mit Hundekot, Kippen, Schachteln, Kaugummis und Stanniolpapier. Eine Heerschar an Reinigungskräften der »Régie Autonome des Transports Parisiens (RATP)« säuberte die Treppen und Gänge der Metro. Diese kümmerten sich im Gegensatz zu den Straßenkehrern auf der Stelle um jede Verunreinigung. Die Putzkräfte waren ihrer Meinung nach für die harte Arbeit unterbezahlt. Der Arbeitgeber war anderer Ansicht und ließ nicht mit sich Verhandeln. Die Mitarbeiter legten die Arbeit nieder.

***

Am ersten Tag hatte der Ausstand geringe Auswirkungen auf den Fahrbetrieb. Ein Fahrgast kickte vergnügt leere Zigarettenpackungen vor sich her. Manch einer trat Getränkedosen platt. Beliebt war das Schnicken gebrauchter Fahrkarten gleich nach dem Drehkreuz.

Der Folgetag bereicherte die Szenerie mit gelesenen Zeitungen und Zeitschriften. Der Unrat hatte die Höhe des Fußknöchels erreicht. Alte Menschen hielten sich am Geländer fest, um auf den Stufen nicht abzurutschen. Der Arbeitskampf mutierte zum Mitmachspiel für alle Teile der Gesellschaft. Bekundung der Solidarität durch Sachleistungen aus dem eigenen Haushalt. Getragene Kleidung, Schuhe, Geschirr, Obstschalen und Flaschen ergänzten das Gesamtbild der Vermüllung. Kinder leisteten ihren Beitrag durch Spielsachen, Schulhefte und Teilen von Fahrrädern. Der eine oder andere Schnuller war zu entdecken.

***

Leider verwandelte sich das Kunstwerk – überwiegend in der Mitte der Gänge – durch ständiges Betreten in einen grauen Teppich, in den die Beine bis zu den Knien einsanken. Wer die Bahnen verließ, riskierte, mit dem Knöchel umzuknicken, auszurutschen oder in einem tiefen Schacht für immer zu verschwinden. Die Ränder zu den Wänden hin gestalteten sich umso farbenfroher. Der eine oder andere Kinderwagen versperrte den Weg. Fahrzeugzubehör, Fernsehgeräte sowie Fragmente alter und moderner Möbel überragten den bisherigen Bodensatz. Auf den Bahngleisen türmten sich durch Züge zermalmte Kleinteile, die bei einer Durchfahrt aufwirbelten und wie Schnee ins Gleisbett zurückfielen. Die darin enthaltenen Essensreste lockten Mäuse an.

„Zum Glück sind das Mäuse!", frohlockte meine Tante.
Ihre Freude über diese Nagetiere war für mich nicht nachvollziehbar. Eine Durchsage forderte uns auf, die Station wegen Erstickungsgefahr sofort zu verlassen. Am letzten Tag der Arbeitsniederlegung war die Meisterleistung städtischer Vermüllung vollbracht. Die Gänge der Untergrundbahn waren nicht mehr zu betreten. Der Zugverkehr stand still. Mit aufgezehrten Kräften krochen wir ins Freie.

„Damit die Katzen nicht verhungern?", schlussfolgerte ich nach Luft schnappend.
„Aber nein! Weit gefehlt! Wo Mäuse sind, da leben keine Ratten!"

Mäuse

Das Gesicht in der Metro

*Die Lokführerinnen und -führer der Metro streikten. In der Stoß-
zeit fuhr nur einer von sonst vier Zügen. Die Bahnsteige waren
gefährlich überfüllt und das führte zu unschönen Szenen. Immer
wieder stürzten Schwächere auf die Schienen. Die Nachrichten be-
richteten von absichtlich vor den Zug Geschupsten. Wer einstieg,
riskierte Quetschungen. Wir standen wie in einer Konservendose.
Ältere Damen schnappten nach Luft und bettelten um einen der
dauerhaft belegten Sitzplätze. An den Stationen schrien die beim
Ausstieg in den Türen Eingeklemmten. Andere versuchten mit aller
Gewalt einzusteigen. Einen schleifte der Zug mit und eine Not-
bremsung hat Schlimmeres verhindert. Trotz der unerbaulichen
Begebenheiten bewahrten die meisten Fahrgäste Ruhe.*

***

Mörderisches Gedränge in den Stoßzeiten.

Fotos (2): Pierre Dietz

Das Gesicht in der Metro

Der Hitze wegen öffnete ein älterer Herr in meiner Nähe unvorsichtigerweise seinen Mantel, um nicht zu kollabieren. Ich sah die Hand, die sich auf das Innenfutter des Ahnungslosen zubewegte. Die Finger waren an der Brieftasche angelangt und verharrten dort bewegungslos. Das Gesicht, das zu der Hand gehörte, bemerkte, wie ich das Geschehen verfolgte und die Geldbörse fixierte. Finstere Blicke trafen meine Augen. Der Herr im Mantel gewahrte nichts. Stoisch wartete der Grauhaarige das Ankommen in seinem Zielbahnhof ab und schaute in Gedanken versunken unentwegt auf den Streckenplan über der Tür.

Die Visage fing unterdessen an zu schwitzen. Die Gesten seiner Augen bedrohlicher. Mit seiner freien Hand deutete der dubiose Ganove unmissverständlich an, mir die Kehle durchzuschneiden. Aus Angst schüttelte ich sachte meinen Kopf. Seine Gesichtsmuskulatur entspannte sich. Die Augen hafteten weiterhin eulenartig auf mir. Die Zeit bis zur nächsten Haltestelle war endlos. Eine Ewigkeit lang rappelte der Zug durch die Tunnelröhre im Kalkstein unter der Stadt. Monoton zogen die an den Wänden hängenden roten und blauen Stromleitungen vorbei. Schutznischen der Streckenarbeiter huschten im Lichtschein der Innenbeleuchtung wie Schattenwesen vorüber.

Die Metro verlangsamte ihre Geschwindigkeit. Wir näherten uns der Station. Wieder rannen Schweißperlen über das fremde Gesicht. Die Hand schwebt nach wie vor unbeweglich über der Geldbörse. Scheinbar gleichgültig wartete der Herr mit dem Mantel auf das Öffnen der Tür. Die Aussicht auf frische Luft ließ die Muskeln seiner Hand zucken, die sich an der verchromten Stange festhielt.

Der Zug stand erneut in einer unüberschaubaren Menge von Pendlern. Mit einem Zischen entwich die Druckluft der Türverriegelung. Mit einer flinken Bewegung betätigte ein an den Ausgang gequetschter Fahrgast den Schließmechanismus. Die Tür sprang auf. Mit einem Ruck hastete der Herr mit dem Mantel ohne seine Brieftasche in die Masse der Wartenden auf dem Bahnsteig. Ich suchte nach dem Taschendieb, der in der Menge untergetaucht war. Ich war sechzehn und heilfroh, weiterhin am Leben zu sein.

Fotos (3): Pierre Dietz

Das fliegende Auto

Dank unseres zarten Alters von sechzehn Jahren hatten ein deutscher Schulkamerad, der mich nach Paris begleitet hatte, und ich die Vermutung, unsere Eltern und meine Tante hätten einem nächtlichen Streifzug durch die Stadt nicht zugestimmt. Vorsichtshalber haben wir nicht nachgefragt. Wir warteten, bis wir von dem festen Schlaf meiner Tante ausgegangen sind. Dann erst schlichen wir uns auf Socken und mit den Schuhen in der Hand über die Nottreppe nach unten in den Hof. Dort angekommen, harrten wir aus, bis das Licht im Wohnzimmer erloschen war, für den Fall, die doch noch nicht schlafende Tante schaue zufällig aus dem Fenster und könne uns entdecken. Wir nutzten die Zeit, um unsere Schuhe anzuziehen.

Ein erster nächtlicher Blick auf das »Hôtel Louvre Concorde«.

Die nächste Hürde war das wuchtige Hoftor aus Holz und Eisen. Die schwer handhabbare Tür pflegte mit einem weithallenden Knall ins Schloss zu fallen. Diesen Nachhall verhinderten wir, indem wir auf der Straße angelangt, den Schließmechanismus mit allen Kräften ausbremsten.

***

Dann standen wir im Schein der Laternen der »Rue de Richelieu«. Wir zündeten uns jeder eine Zigarette an. Das sah erwachsener aus. Dank unserer Körpergröße überragten wir damals weite Teile der Bevölkerung und keiner kam auf die Idee, wir seien minderjährig. Der Barmann im »Café de la Comédie« schenkte uns ungefragt zwei Bier ein. Der Garçon entfernte mit einen Bierschaumabstreifer den für uns unentbehrlichen optischen Genuss des Getränks. Auf unsere pikierte Frage nach dem Sinn erfuhren wir von den Vorlieben anderer Gäste, die das Aufgeschäumte verachteten. Wir bestellten nach und bestanden wir auf ein komplettes Arrangement. Zufrieden sahen wir, wie das gekühlte Gebräu aus dem Zapfhahn perlte. Ein erneuter Schwenk mit dem Handgelenk und unsere Laune sank auf einen nicht näher beschreibbaren Tiefpunkt. Die Bedienung lenkte erst ein, nachdem wir drohten, weitere Besuche der Kneipe künftig zu unterlassen.

Fotos (2): Pierre Dietz

Das »Café de la Comédie« in der »Rue Saint-Honoré«.

In angeheiterter Laune zogen wir weiter und schlenderten unter den Arkaden der »Rue de Rivoli« in Richtung »Place de la Concorde«. Wir atmeten den Abgasnebel illegaler Straßenrennen ein. Radarfallen lösten damals bei Dunkelheit nicht aus und Möchtegern-Rennfahrer nutzten dies, um durch die nächtliche Innenstadt zu rasen. Ihre Hobbyboliden waren tiefergelegt und mit einem Potenzbalken versehen. Das ließ Rückschlüsse auf die Fahrer zu.

Das fliegende Auto

Wir kamen an den »Place des Pyramides«, den mein Schulfreund zügig überquerte. Im Gegensatz zu ihm verharrte ich kurz unter der goldenen Statue der »Jeanne d'Arc«. Das Gewusel der Autos war mir zu unübersichtlich. Ich sah einen Wagen über die damals oberirdische verlaufende »Avenue du Géneral Lemonnier« auf mich zu rasen. Auf der »Rue de Rivoli« heulte ein Motor auf. Lichtzeichenanlage hatten für diese Überschalljäger auf Rädern keine Bedeutung.

Sockel der Statue »Jeanne d'Arc«.

Ich schickte mich an, den Sockel des Denkmals hinter mir zu lassen, da sah ich das Unvermeidliche sich neben mir anbahnen. Ein Krachen und das Geräusch sich verbindender Metalle. Kunststoffe barsten und Glas splitterte. Erste Kleinteile rasten auf mich zu. Der Aufprall ließ eines der Fahrzeuge abheben. Ich sah den Unterboden samt der Radaufhängung auf mich zufliegen. Ich hatte die Wahl, mich auf den Boden zu werfen, oder … Ich rannte los! Kurz hinter mir schlug die Limousine auf und ich erreichte unversehrt die andere Straßenseite. Wie durch ein Wunder war niemand verletzt. Der Page vom gegenüberliegenden »Hôtel Regina« kam angerannt und erklärte, die Polizei gerufen zu haben. Jung und angetrunken zogen wir es vor, uns unauffällig aus dem Staub zu machen.

Faschistische Grüße

Olivgrüne Bundeswehr-Parkas waren damals in Deutschland in Mode. Zu den Militärjacken trugen wir die Farbenlehre miss-achtend Bluejeans. Ein Schulkamerad und ich schlenderten in diesem Partnerlook am Ufer der Seine entlang in Richtung der Brücke »Pont Neuf«.

***

Die Sonne schien. Dann wechselte das Wetter schlagartig. Finstere Wolken von Osten zogen heran. Eisig blies der Aprilwind über den Fluss hinweg. Zwei Nordafrikaner stellten sich uns am Anfang der Brücke in den Weg. Der Größere hatte meine Statur, der andere war ein Kopf kürzer.

„Du Deutschland?"

Foto: Ingrid Ruch

Der Ältere tippte mit seinen wurstigen Fingern auf die schwarz-rot-goldene Flagge am Oberarm meines Freundes. An meinem Parka fehlten diese Abzeichen. Wir bejahten in unserer jugendlichen Unbedarftheit. Beiden standen mit einem Schlag militärisch stramm und hoben ihre rechten Arme.

„Heil Hitler!", brüllten die beiden. „Deutschland gut! Juden kaputt!"

Das Überraschungsmoment war auf meiner Seite. Ich schnappte mir den ebenbürtigen Gegner und hielt ihn mit dem Kopf nach unten über das Brückengeländer. Mein Freund und der andere Spinner waren geschockt und verharrten wie gelähmt. Der Nazi stieß Rufe der Verzweiflung aus. Niemand aus der Bevölkerung reagierte. Die Polizei schritt nicht ein.

Ich schob den Uneinsichtigen immer weiter über die Mauer. Ich erklärte ihm auf Französisch, weshalb diese Art der Begrüßung unangemessen und der Mord an den Juden das größte Verbrechen der Menschheit sei. Passanten aus der näheren Umgebung blieben aus Sensationslust stehen.

„Schwöre, den Hitlergruß nie wieder auszusprechen!"

Dummerweise zögerte dieser, auf meine Forderung einzugehen. Langsam verließen mich meine Kräfte! Ich unterstrich meine Bedingung zum Heraufziehen mit Nachdruck und gab weitere drei Zentimeter nach. Der Judenhasser kapitulierte und zu seinem Glück zog ich ihn auf die Brücke zurück.

Kreidebleich und wie vom Blitz getroffen rannten die beiden davon. Beim Weglaufen trat mein Begleiter dem Kleinen in den Hintern. Ich warf ihm das noch lange Zeit vor.

Die Pont-Neuf, Sicht nach unten.

Foto: Pierre Dietz

Faschistische Grüße

Japaner

Ein oft besuchter Platz auf der Seine-Insel »Ile de la Cité« ist der »Parvis Notre-Dame« vor der gleichnamigen Kathedrale. Bei Sonnenschein laden in die Mauern der Grünanlagen ein- gelassenen Sitzgelegenheiten zum Verweilen ein. Kaum ein Tag, an dem ich nicht diesen Ort der Inspiration aufsuchte. Gleich vis-à-vis war das »Café Panis«, in dem ich oft am Tresen stand. Dort kostete mich einen Kaffee, zwei Francs zwanzig. Am Tisch verlangte der Wirt fünf Francs dreißig. Ein paar Meter weiter, an den Touristentischen auf dem Bürgersteig, berechnete der Kell- ner für den Blick auf das innerstädtische Panorama satte fünf- zehn Francs. Da war der Kaffee reine Nebensache.

***

Das erste Jahr der Touristen-Invasionen aus Japan. Mit dem Reise-Boom und Einwanderungsdrang aus dem Reich der aufgehenden Sonne stiegen die Preise. Alle Hotels und Appartements waren belegt. In der Wohnung gegenüber stolzierte ein nackter Japaner umher. Scheinbar war ihm die Transparenz von Fensterscheiben bei voller Beleuchtung nicht bewusst.

Kein Quadratmeter, auf dem nicht ein mit einem Fotoapparat bewaffneter Insel-Asiate stand. Für die fernöstlichen Liebhaber französischer Chansons war die Stadt der Liebe das Traumziel ihres Lebens. Jeder Millimeter war von ihnen binnen ein paar Wochen fotografisch erfasst. Damals bannten die Kameras die Fotografien analog auf Rollfilm. Auf einer Kleinbildspule standen maximal sechsunddreißig Aufnahmen zur Verfügung. Nach dem Belichten des Negativs folgten die Abzüge auf Papier. Eine kostspielige Angelegenheit.

✳✳✳

Mein Schulkamerad und ich saßen auf dem »Parvis Notre-Dame« und sinnierten, was wir an jenem Nachmittag zu unternehmen gedachten. Die Sonne schien und die Frühlingstemperaturen trieben uns nicht zur Eile an. Da hielt ein Bus vor der »Crypte archéologique«, einem unterirdischen Museum mit Grundmauern aus

Foto: Pierre Dietz

gallo-romanischer Zeit. Eine Wolke Asiaten strömte auf den Platz in Richtung des Reiterdenkmals Karls des Großen, die Klappstühle mit sich herum trugen. Das Schauspiel war die Vorbereitung für ein Gruppenbild vor der Statue. Ein Herr mittleren Alters dirigierte mit seinen Händen die Meute, die sich nach seinen Anweisungen positionierte. Das Schema schien zuvor festgelegt zu sein. Die Stühle dienten der hinteren Reihe zur Erhöhung der darauf Stehenden. Die Vorderen saßen.

Nach einer nicht endenden Zeit des Arrangierens kam der Moment der Aufnahme. Ein letztes Heben der Hand, ein kurzes Klicken, dann war das Bild im Kasten! Sodann verschwand der Regisseur in der Menge und eine andere Person stellte sich in Position. Eine kurze Aufforderung zum Lächeln und mit einem erneuten Klick war die nächste Kombination der Gruppe auf Film gebannt. Damit nicht genug! Eine weitere Person rannte an die Stelle des Fotografen, der in der Menge untertauchte. Wieder ein Klick. Diese spannungsreiche Prozedur wiederholte sich über eine Stunde lang, bis jeder Teilnehmer der Reisegruppe sein eigenes Foto geschossen hatte. Fraglich, ob auf den Fotografien – außer von dem Sockel – die Statue »Charlemagne et ses Leudes« zu sehen war.

Klettereien

Paris ist eine Stadt der Höhenunterschiede und im Grunde eine einzige Treppe. Jede Sehenswürdigkeit hat eine unüberschaubare Anzahl an Stufen. Der Aufstieg war oft mühsam. Aufzüge waren eher die Ausnahme. Bevor Gustav Eiffel sich der Konstruktion von Flugzeugen widmete, war das Genie Ingenieur für den Bau von Brücken, was das Aussehen des eisernen Monuments erklärt. Aus achtzehntausend Einzelteilen besteht das über dreihundert Meter hohe Gebilde.

* * *

Die Aufnahme links entstand im April 2006, die oben im April 1980.

Mein Schulkamerad wünschte, die Treppe im Ostpfeiler zu erklimmen. Damals war der Aufgang nicht wie heute durch Drahtgitter abgesichert.

„Was hältst du davon", fragte der »Freund lebensgefährlicher Abenteuer«, „wenn du hinauskletterst und ich dich dort kurz vor deinem Sprung in die Tiefe fotografiere?"

Der Ausstieg auf die Streben gelang spielend. Ich schwang mich auf einen der schmiedeeisernen Träger hinaus. Dort hangelte ich mich vor bis zum Eckpfeiler.

„Fotografier endlich!", brüllte ich gegen die Distanz an. Kreidebleich und mit zitternden Händen war der »Freund guter Bilder« nicht Herr seiner Kamera.

„Was machst du so lange?", verlor ich langsam die Geduld und den Halt. „Willst du mich denn ewig warten lassen?"

„Ich kann nicht!", hörte ich seine klagenden Worte.

„Komme bitte wieder zurück!"

Ich hätte den »Freund weinerlicher Worte« in diesem Moment am liebsten erdrosselt, beugte mich seiner Furcht und kletterte zur Treppe zurück.

***

Tage später besichtigte ich mit besagtem »Freund großer Bauwerke« die über der Stadt thronende Basilika »Sacré-Cœur de Montmartre«. Für ein paar Aufnahmen über die Dächer hinweg stiegen wir trotz des unbeständigen Wetters die dreihundertstufige Wendeltreppe zur Kuppel hinauf. Der »Freund des gepflegten Wahnsinns« hatte nichts dazugelernt und erneuerte sein Angebot, mich außerhalb der Mauern zu fotografieren.

Ich schwang mich hinaus auf das Dach und bewegte mich in Richtung des »Place du Tertre«. Von dort schaute ich auf die ahnungslose Menge in der »Rue du Cardinal Guibert« hinunter. Unter mir verlief entlang der Straße ein Zaun. Zwischen dieser Abgrenzung und dem Gebäude lag das Gelände weit unterhalb des Straßenniveaus. Ein Absturz wäre das Ende. Vom Zaun aufgespießt oder ein Genickbruch. Da packte mich eine Windböe und drohte mich vom Dach zu fegen. Elektrisiert ließ ich mich fallen und blieb dank einer Unmenge an Glück knapp vor dem Abgrund auf dem Dachsims liegen. Auf allen vieren rettete ich mich vor dem aufkommenden Sturm in das nahe liegende Türmchen im Nordwesten. Dort stieg ich in eines der glaslosen Fenster ein. Hier lichtete mich der »Freund verwackelter Fotos« ab – leider recht unspektakulär.

Die Engländer

Bei Sonnenaufgang auf der »Pont-Neuf« aufzuwachen ist keine erstrebenswerte Erfahrung, obwohl das Bauwerk die stilvollste Brücke von Paris ist. Ein Scheppern weckte mich. Ein Lastwagen hatte sein Nummernschild verloren. Silberne Beschriftung auf schwarzem Grund. Für eine kurze Zeit herrschte Stille, bis die ersten Autos verkatert vorbeihuschten. Mit Kreide geschriebene Kennzeichen, wie in meiner Kindheit üblich, hatten unterdessen Seltenheitswert.

✳✳✳

Auf der Brücke »Pont-Neuf« fing alles harmlos an. Außerhalb des Brückengeländers war ein Sims. Auf elektrische Leitungen sowie rutschigen Taubenkot achtend und unter dem Risiko, ins Wasser zu fallen, war dieser begehbar. Das Wagnis brachte Passanten

zum Staunen und wir ernteten ungläubige Blicke. Aus einer der Sitzkuhlen beäugte uns argwöhnisch eine Gruppe tadellos gekleideter Herren.

„What are you doing there?"[1], meldete sich ein hagerer Gentleman mit Nickelbrille zu Wort.

„We walk outside of the bridge!"[2], war unsere schlagfertige Antwort.

Die nächste halbrunde Bank war frei. Wir kletterten über die Mauer und ließen uns dort in der Sonne nieder. Eine Weile verging. Wir trauten unseren Augen nicht! Die genannten Herrschaften schickten sich an, ebenfalls über den Sims zu wandeln. Der Trupp zog im Gänsemarsch an uns vorbei. Wir schauten uns lachend an.

---

1 „Was macht ihr da?"
2 „Wir laufen außerhalb der Brücke."

„What are you doing there?", waren wir an der Reihe.

„We walk outside of the bridge, too!"[3]

Dem Bedürfnis folgend, sich zu unterhalten, setzten sich die Engländer, wie wir im Laufe des Gesprächs erfuhren, zu uns. Ob wir weitere Tipps dieser Art hätten, denn der Gang über den Sims habe ihren Blick auf Paris erstaunlich erweitert. Die Londoner Geschäftsleute luden uns zum Dank für unsere Auskünfte für den Abend in eine Kneipe ins »Quartier latin« ein.

Eine feuchtfröhliche Nacht folgte. Wir zogen von einer Kneipe zur anderen. Die Briten tranken in loser Reihenfolge Biere, Weine und Spirituosen. Die Herren zahlten aus Dankbarkeit für den Gang außerhalb einer Brücke und ermunterten uns, die gleiche Menge Alkohols in uns hinein zu schütten.

Auf dem Rückweg kam der Filmriss. Ich wachte verfroren in der Kuhle gegenüber dem Kaufhaus »Samaritaine« auf. Der betrunkene und sonst orientierungslose Schulkamerad hat den Weg zurück ohne mich gefunden. Was ich ihm lange verübelt habe.

---

3 „*Wir laufen ebenfalls außerhalb der Brücke.*"

Leichte Mädchen

Die alten Markthallen waren einst der Puls von Paris. Kulisse zahlreicher Filme und oft besungen, beherbergten grüne Stahlkonstruktionen den Handel mit frischen Waren. Auf den Straßen rund um die Gebäude türmten sich Körbe und Kisten mit allem, was das Land zu bieten hatte. Manchen Händler drängte nach getaner Arbeit der innere Druck, sich zu erleichtern. In der parallel verlaufenden »Rue Saint-Denis« warteten die Käuflichen auf diese Kundschaft. Nach dem Abriss der »Halles Centrales« Anfang der Siebzigerjahre beherrschte weiterhin das Treiben um sexuelle Begierden das Straßenbild.

* * *

Fotos (2): Pierre Dietz

Meine Tante hielt diesen Aspekt im Zentrum der Stadt für sehenswert und führte meinen Schulfreund und mich dorthin. Ein Beitrag zur Abrundung unseres Gesamtbildes der französischen Hauptstadt und der ihr eigenen Lebenskultur. Auf beiden Seiten der Straße standen leichte Mädchen, leichte Frauen und darunter – erst auf den zweiten Blick auszumachen – leichte Großmütter. Vermutlich waren kaum erkennbar vereinzelt leichte Buben, leichte Männer und leichte Großväter in Frauenkleidung zugegen.

Vor jedem Eingang tummelte sich Freudenmädchen. Ihre Oberweiten zeigten diese gefährlich nach oben geschoben. Die Damen steckten in Schuhen, deren Absätze nicht höher und nicht spitzer sein hätten sein können. Ab dem Schaft und der Hinterkappe formten Netzstrümpfe mit einer Linie an der Rückseite die Beine bis zu einem Minirock, der eher die Bezeichnung Hüftbinde verdient hatte.

An den Hausecken lauerten dubiose Gestalten, die ihre Zeit damit verbrachten, auf einem Schmierblatt Strichlisten der Freier zu führen. Bei einem blitzte kurzzeitig der am Rücken in der Hose steckende Revolver hervor, als sich sein kurzes Lederjäckchen wegen einer mit der erhobenen Faust vollführten Geste nach oben schob. Manchenorts flogen raue Worte. Schrillen Töne, wenn ein Geschäft nicht zustande kam und ein möglicher Freier abzog.

Je tiefer wir in diesen Sumpf käuflicher Liebe eindrangen, desto forscher, frecher und frivoler die Aufforderungen an die Zahlungswilligen. Der einen glitt eine Brust aus dem ohnehin knappen Oberteil, eine andere offenbarte ihr Gesäß und eine Weitere glitschte mit ihrer Zunge vielsagend über die aufgespritzten Lippen. Wer in die Falle tappte, verschwand in einem der finsteren und heruntergekommenen Treppenhäuser. Sofort fiel der Mantel. Zeit war Geld und Eile daher angebracht.

Nach einem schier endlosen Marsch durch diese Wüste ohne echte Emotionen gelangten wir an die »Port Saint-Denis« und waren erlöst. Meine emanzipierte Tante fragte, was wir bei dem Anblick der Mädchen empfunden hätten.

„So fühlt sich ein General", mutmaßte mein Schulkamerad lapidar, „der seine Truppen inspiziert".
Ihrem Gesichtsausdruck nach war das die falsche Antwort.

Der Schokoriegel

Die Eltern meines Schulkameraden hatten vor der Fahrt von uns einen Tourenplan gefordert. Um Müßiggang vorzubeugen, hatten wir uns eine Mischung aus Museen, Monumenten und Parks herausgesucht. Die Reise diente der Bildung! Jeweils eine Sehenswürdigkeit für den Vor- und eine für den Nachmittag. Verlangt war ein Beweisfoto von jedem Punkt dieser Liste. An einigen Tagen arbeiteten wir gleich eine Reihe der Vorgaben im Eilverfahren ab. Das verschaffte uns mehr Zeit für Unternehmungen außerhalb der Aufstellung. Der nächtlichen Ausflüge wegen hatten wir die Hälfte der Vormittage verschlafen.

***

Ein leidvoller Tag war angebrochen. Die Ferien neigten sich dem Ende zu. Der Wind trieb kühlen Nieselregen durch die Straßen. Wir beschlossen unseren letzten Tag in einem beheizten Gebäude zu verbringen. Auf ein gemeinsames Ziel haben wir uns trotz langer Diskussion nicht geeinigt.

Dem Freund fehlte ein Foto und ich hatte ein Problem. Der Blick in meine Geldbörse hinderte mich an kostspieligen Unterfangen. Mit einem mulmigen Gefühl in der Magengegend trennten sich unsere Wege. Mein orientierungsloser Gefährte war zuversichtlich, sich nicht erneut zu verlaufen. Wir verabredeten uns für den späten Nachmittag vor »Notre-Dame«, einen Ort, der sich unterdessen bei ihm eingeprägt hatte. Mir blieb zu hoffen. Ich verbrachte den Tag im Louvre und dort die meiste Zeit im Zeichenkabinett. Diese Abteilung hatte ich in den Jahren zuvor sträflich vernachlässigt.

Die Sonne schien wieder. Ich kam verspätet zum vereinbarten Treffpunkt. Erleichtert entdeckte ich meinen Mitreisenden auf dem »Parvis Notre Dame«. Irgendetwas stimmte nicht. Aus einem Schokoriegel in seiner Hand tropfte Kakaomasse herunter. Das Häuflein Elend schien dort längere Zeit von der Welt entrückt gesessen zu haben. Ich versuchte, ihn anzusprechen.

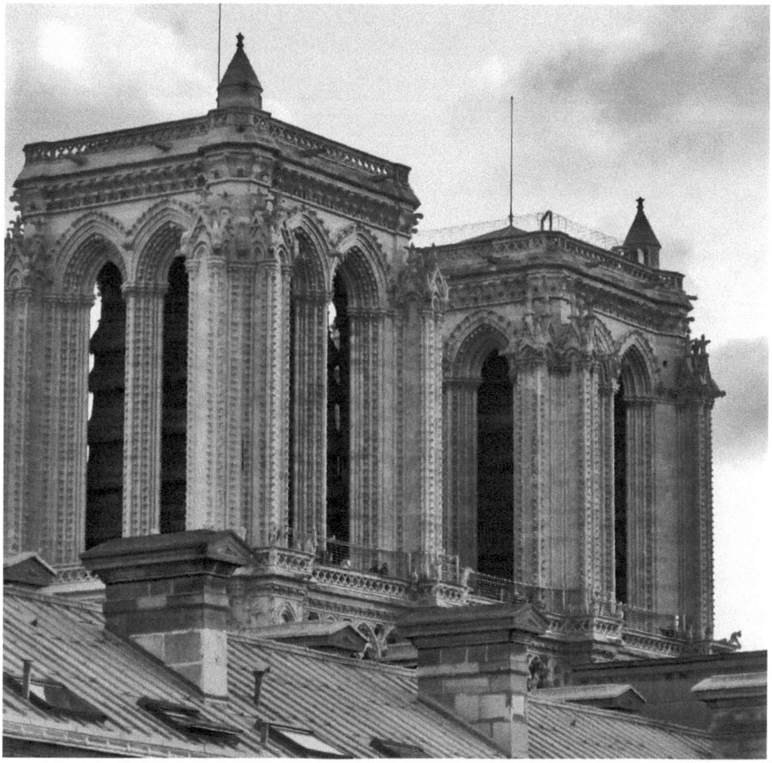

Foto: Pierre Dietz

Heute hindern Drahtzäune Selbstmörder daran, sich in die Tiefe zu stürzen.

Der an scheinbar an Blutarmut Leidende röchelte und würgte.

„Bist du krank?“, erkundigte ich mich nach seinem Zustand.

„Ich habe mir Süßigkeit an dem Verkaufsstand gleich neben dem rechten Turm der Kathedrale gekauft“, erklärte mir der Unterzuckerte. „Dann hörte ich einen dumpfen Schlag neben mir! Die Menge ist erschrocken davongelaufen. Da lag ein Selbstmörder mit gebrochenem Genick, der von der Aussichtsplattform gesprungen ist.“

„Hast du eine dokumentarische Aufnahme der Leiche für deine Eltern im Kasten?“

Der Ärmste hat sich übergeben. Dadurch war die Übelkeit von ihm gewichen und wir genossen trotz des Vorfalls den letzten Abend.

Wir waren schön – blöd auf Zigarettenwerbung reinzufallen.

Großstadtqualm

Meine Urgroßeltern lebten in einem Vorort von Rouen in der Normandie. Der Tabak für den Eigenbedarf wuchs legal in deren Schrebergarten. In Ermanglung eines eigenen Grundstücks war ich auf den Erwerb von versteuerten Zigaretten angewiesen. Diese waren in Frankreich günstiger und ich deckte mich vor der Heimreise nach Deutschland angemessen ein.

***

Ende der Siebzigerjahre gehörte Qualmen zum Leben wie die tägliche Dusche oder die Suppe vor dem Essen. Meine Oma quarzte auf ärztlichen Rat drei Fluppen am Tag gegen ihre Migräne. Ein Frühstück bestand aus einem schwarzen Kaffee und einer »Gauloise« ohne Filter. Aus dem einen oder anderen Kinderwagen schien Rauch aufzusteigen.

Kein Darsteller in einem Spielfilm, der keine Kippe in Szene setzte. Vielversprechende Werbungen lockten mit Verheißungen von der weiten Welt. Wir Kinder himmelten den Marlboro-Mann an, der ein Leben in Freiheit und eine Menge Abenteuer versprach, wenn wir ordentlich rauchten. Die Regierungen schritten nicht ein, da diese Droge unanständige Stange an Geld in die Staatskassen schwemmte.

Im Alter von vierzehn Jahren vergnügten wir uns mit Mentholzigaretten. Aus infantiler Sicht waren diese harmlos. Ein Gleichaltriger, der nicht geraucht hat, war nicht Teil der Gruppe. Wir logen nicht, da die Erwachsenen dank eigenem Konsums den Knaster an uns nicht rochen. Die Eltern schickten uns Kinder, Tabakwaren holen. Wir kauften bei jedem Gang zum Kiosk ein Päckchen für den Eigenbedarf hinzu.

***

In den Autos quollen die Aschenbecher über. Getönte Scheiben waren nicht nötig. Der Blick ins Innere war vernebelt. Auf Toiletten, in Wartehallen und in Boutiquen hingen Vorrichtungen, um sich der Asche zu entledigen. Im Kino hatte jeder Platz einen Ascher. Du warst, was du gepafft hast. Herren aus besserem Hause rauchten lange Zigarillos, ältere Semester, Zigarren oder Pfeifen. Der graue Teint erzeugte ein Wirgefühl, das stärker war als jeder Nationalstolz. Frühes Sterben gehörte zum »guten Ton«. Zwei Jahre in der Rente haben gereicht.

In Paris, der »Hauptstadt der Schmaucher«, türmten sich die Stummel der wartenden Hundehalter um die Haufen ihrer Köter. Der Zugang zu Straßencafés erschwerten Verwehungen von Kippen. Die Clochards sammelten diese auf, um den restlichen Tabak heraus zu bröseln und sich neue Zigaretten daraus zu drehen.

***

Mit sechzehn deckte ich mich problemlos mit größeren Mengen Tabakwaren ein. Mein Großonkel schenkte mir zum Geburtstag weitere, da Rauchen, neben Rommé Spielen, unser gemeinsames Hobby war. Dadurch stapelten sich über das vom Zoll limitierte Quantum an Päckchen in meinem Gepäck.

Im Nachtzug nach Hause rauchten wir problemlos im Nichtraucherabteil mit der Entschuldigung, alle Raucherabteile seien besetzt. Ich hatte die oberste Liege auf der linken Seite. Für den Fall einer Zollkontrolle versteckte ich meine Mitbringsel gleichmäßig im Abteil, um einer Nachzahlung der Zölle zu entgehen. Mitten in der Nacht erreichten wir die Grenze.

Mir gegenüber lag in der unteren Koje eine Afrikanerin. Den Kontrolleuren fiel ihre auffällig monströse Reisetasche auf. Die Mitreisende sprach brockenhaft Deutsch und reagierte nicht auf die Aufforderung, diese zu öffnen. Daher riefen die Beamten nach einer Kollegin, um die Tasche zu untersuchen. Mit Gummihandschuhen öffnete die Zöllnerin den Reißverschluss einen winzigen Spalt und schob ihre Hand hinein. Die Privatsphäre der Überprüften war auf jeden Fall zu schützen. Die Zollbeamtin verzog ihr Gesicht und fing an zu schreien. Sofort zogen ihre Kollegen die Pistolen und richteten

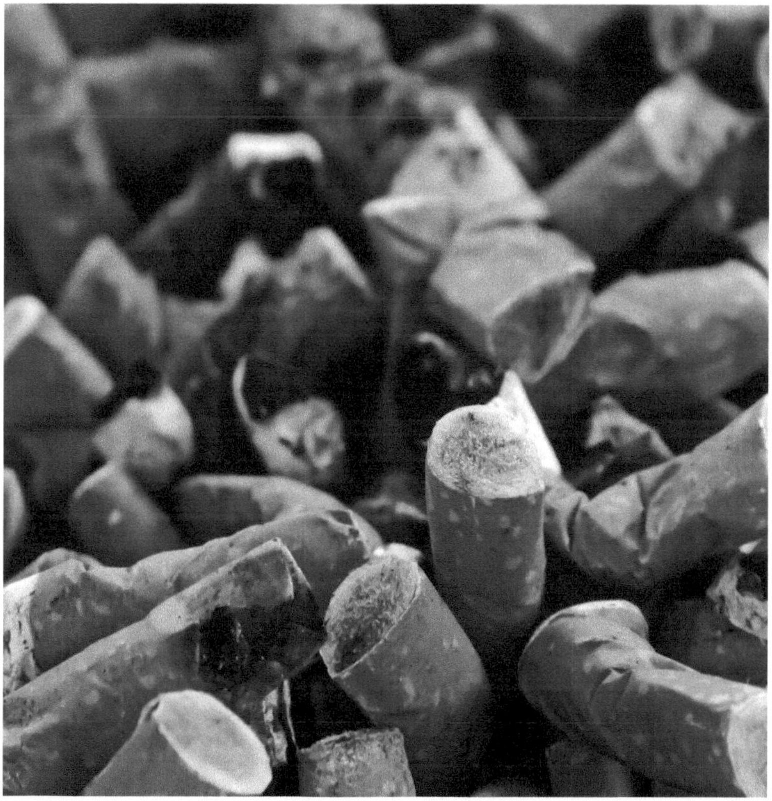

Foto: Public Domain

ihre Läufe auf die Verdächtige. Die Prüferin riss die Tasche auf und wir schauten auf tote Fische. Den Geruch hat der Tabakrauch übertüncht. Diese Art sei in Deutschland nicht erhältlich und für einen afrikanischen Feiertag von enormer Bedeutung, entschuldigte sich die vermeintliche Schmugglerin. Den Grenzbeamten war die Lust auf weitere Kontrollen vergangen und ich sammelte nach deren Abzug meine Päckchen wieder ein.

***

Die Marlboro-Männer und der Großonkel starben früh an den Folgen der Raucherei, was mich zu jener Zeit zum Umdenken bewegte.

Das Staatshotel der toten Mädchen

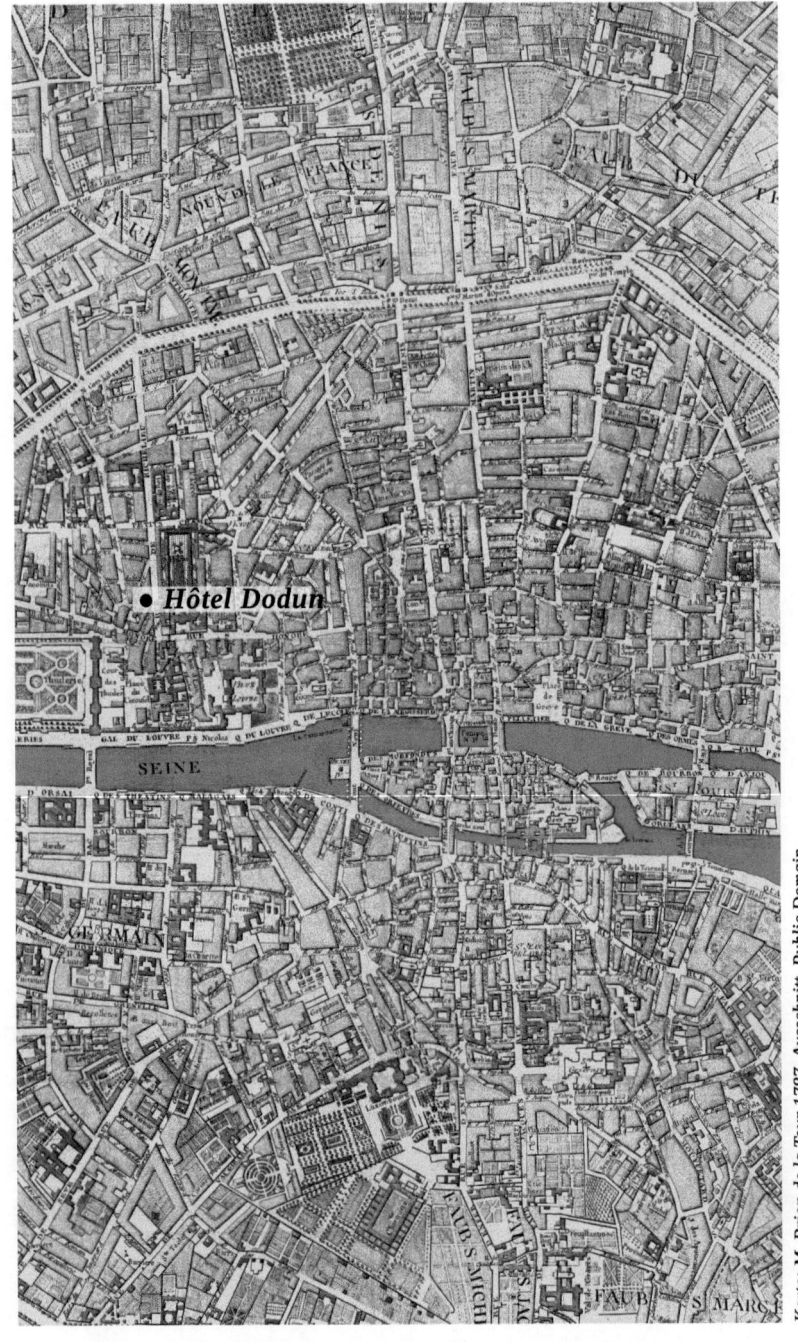

● *Hôtel Dodun*

Das Staatshotel der toten Mädchen

Das Staatshotel der toten Mädchen

Paris im Juni 1787.

Die Temperaturen sind für die Jahreszeit zu niedrig. Heftige Stürme fegen über Frankreich hinweg. Der Niederschlag überflutet die Felder. Das Sommergetreide fault. Die düsteren Wolken künden von kommendem Unheil und drücken auf das Gemüt der ländlichen Bevölkerung.

Pierre Fouquières ist ebenso bankrott wie der Staat, in dem der Spielsüchtige lebt. Der Lebemann ist zu Gast bei Maximilien Radix de Sainte-Foix, dem obersten Beamten der Finanzverwaltung. In dessen Salon ist privates Glücksspiel an der Tagesordnung. Eine neue Spielrunde ist angesagt. Die Chance, einen Platz zu ergattern, ist günstig.

Sein zwanghafter Drang zu spielen ist das Resultat ständigen Scheiterns. Ihn hatte die Idee gepackt, mit von ihm geschriebenen Gedichten über die Monarchie an Geld aus dem königlichen Etat zu kommen. Diese Regierungsform beschönigende Zeilen haben die Herausgeber abgelehnt. Das Volk habe andere Sorgen. Wochenschriften und Zeitungen weigerten sich, einen König zu glorifizieren, der die Staatsfinanzen nicht im Griff hat.

Der ehemalige Landbesitzer hofft, den Rest des Erlöses aus dem Verkauf seines geerbten Anwesens und der Mitgift seiner Gattin beim »Pharospiel« zu vermehren. Nach dem Jura-Studium hat der Wahlpariser kein Bedürfnis, zurück aufs Land zu ziehen. Seine großzügigen Eltern, die ihm die Ausbildung finanziert haben, starben, ohne den Sohn nach seiner Hochzeit je wieder gesehen zu haben. Sein Vater hätte ihm der Veräußerung des Familienbesitzes nicht verziehen. Der alte Herr hat versucht, ihm den Respekt vor aufgebrachten Vorfahren beizubringen. Dem Siebenundzwanzigjährige fehlt der Glaube an Wesen aus dem Jenseits, die sich für unangemessenes Handeln rächen.

Fouquières ist an der Reihe und setzt sich hastig an den Spieltisch. Der Bankier gibt ihm das »Livret« mit der Farbe Pik. Das von der Bank vorgelegte Geld entspricht dem Betrag, den der Wagemutige bei sich führt. Der vor dem Abgrund Stehende ist von innerer Ungeduld getrieben. Obwohl jede unterhalb der von der Bank vorgegebenen Summe erlaubt ist, setzt der auf eine Glückssträhne Hoffende seine gesamte Barschaft auf eine Karte.

"Va banque!", hört der Wahnsinnige sich sagen.

Der Croupier prüft Fouquières' Einsatz. Die Karten fallen und ... – sein Spiel ist aus!

Dem vom Pech Verfolgten entgleiten die Gesichtszüge. Das bleibt nicht unbemerkt. Ein fettleibiger Tischnachbar lässt ihn nicht aus dem Blick und erahnt des Verlierers finanziellen Ruin. Der Mitspieler hat eine überstehende Oberlippe, eine verkleinerte Nase, Pockennarben, eine hohe Stirn, nach hinten gekämmte, grau gepuderte Haare und stechende Augen. Der Pleitier schickt sich unter Magenschmerzen an, das Haus zu verlassen. Der abstoßende Zeitgenosse folgt ihm ins Treppenhaus.

"Warten Sie Monsieur!", ruft ihm der Fremde hinterher.

"Was wünschen Sie von mir?", ist Fouquières angewidert. "Wie Sie selbst mitbekommen haben, ist von mir kein weiteres Spiel mehr zu erwarten!"

"Ich habe mehr Glück als Sie gehabt und kann mir endlich meinen lang ersehnten Traum, als Anwalt eine eigene Kanzlei zu führen, erfüllen! Daher helfe ich Ihnen gerne aus Ihrem Elend!"

Der Herr im dunkelblauen Rock mit hohem Stehkragen zupft aus gespielter Verlegenheit an seinem Schal aus weißer Seide.

"Ich habe ebenfalls das Recht studiert, Monsieur!"

"Umso besser mein Freund, denn ich kann jemanden wie Sie gut gebrauchen! Ich habe Sie beobachtet. Sie haben gute Manieren und über Ihre Spielgewohnheiten Zugang zu einer Gesellschaftsschicht, die für mich von besonderem Interesse ist. Um mein Anliegen kurz zu machen, ich suche einen Nachfolger, der nichts mehr zu verlieren hat und keine Skrupel kennt."

"Was springt für mich heraus? Nutzen Sie meine Situation am Ende nur aus?"

„Sie werden auf Staatskosten spielen, wenn Sie einwilligen!"

„Was ist mit den Gewinnen? Darf ich diese behalten?"

„Warum fragen Sie nicht nach den Verlusten? Keine Sorge, Geldmangel werden Sie in Zukunft nicht mehr kennen."

„Klingt nicht schlecht. Was muss ich für das verlockende Angebot tun?"

„Darüber sprechen wir – ohne lästige Ohren – am Samstag zur Mittagsstunde. Kommen Sie ins »Hôtel Dodun« in der »Rue de Richelieu« Nummer einundzwanzig."

„An wen soll ich mich dort wenden?"

„Verzeihen Sie mir meine Unachtsamkeit", zieht Georges Danton eine Visitenkarte, „mich nicht vorgestellt zu haben! Fragen Sie nach Maître d'Anton!"

„Gut, Herr von Anton, ich ..."

„Das ist ein Fehler der Druckerei gewesen!", mimt Danton Verlegenheit. „Ich schreibe mich ohne Apostroph! Ich bin kein Adliger!"

Der abgemagerte Fouquières steht vor der Wahl, dem fragwürdigen Unbekannten zu trauen oder sich in die Seine zu stürzen. Anderenfalls droht ihm die Deportation in ein Straflager auf der Insel Réunion. Da ihm nicht ein »Livre« für eine Droschke bleibt, begibt sich der Bankrotteur zu Fuß auf den Weg nach Hause. Bauarbeiter reißen die Wohnhäuser auf der Brücke »Notre-Dame« ab und der Fußgänger macht gezwungen einen Umweg über die »Pont au Change«. Ein Blick in das graue Wasser der über die Ufer getretenen Seine lässt den Feigling erschaudern. Ein nasser Tod ist grausam, hat ein ihm bekannter Arzt gesagt. Die Kartenfarbe Pik steht ebenso für neue Aufgaben, fahren ihm seine Gedanken von vor dem Spiel wie ein Lichtblick durch den Kopf.

***

Besagten Samstag betätigt Fouquières den schweren Türklopfer an dem wuchtigen Tor zum »Hôtel Dodun«. Trotzt der Mittagsstunden, fehlt dem Tag an Licht. Die Wolken sind weiterhin grau,

Abbruch der Häuser auf der »Pont Notre-Dame«.

Das Staatshotel der toten Mädchen

obwohl der Regen nachgelassen hat. Wiederholtes Klopfen ist erforderlich, bis sich die in das Tor eingelassene Tür öffnet.

„Ich wünsche Maître d'Anton zu sprechen!"

„Danton?", erstaunt sich ein Fünfundfünfzigjähriger mit krächzender Stimme. „Der führt sicher nichts Gutes im Schilde!"

„Soll ich ein anderes Mal wiederkommen?"

„Mein Rat wäre nie wieder zu kommen, Monsieur!"

Zwei von Hass erfüllte Augen erforschen seine Mimik aufmerksam.

„Der »Maître« hat mich mit Nachdruck gebeten, pünktlich zu sein. Ist der Herr Anwalt nicht in seinem Büro?"

„Das Haus ist groß! Woher soll ich wissen, in welchem Teil der ruhelose Danton sich gerade aufhält?"

„So lassen Sie mich eintreten, damit ich nach ihm suchen kann!"

„Wie Sie meinen! Ich habe Sie gewarnt!"

„Monsieur Leduc!", schallt ein Ruf durch den Hof. „Lassen Sie meinen Gast herein, Sie alter Narr!"

Im Torbogen riecht die abgestandene Luft nach frisch geschnittenem Kalkstein. Links und rechts führen Aufgänge in die Gebäude zur Straße. Nach vorn öffnet sich ein vornehm gepflasterter Innenhof.

„Das Betreten des Hauses wird Ihr Untergang sein!", prophezeit der Alte und zieht sich in die »Conciergerie« unter dem Vordach auf der rechten Seite des Hofes zurück.

Danton führt seinen Gast zum gegenüberliegenden Eingang. In dem gigantischen Treppenhaus steht im ersten Stock in einem Erker eine Flöte spielende Statue in Lebensgröße, darüber ist ein Rosettenfenster angebracht. Das Geländer ist aus Eisen geschmiedet und der Boden ist mit hochwertigen Fliesen belegt. Weiße achteckige Kacheln wechseln sich mit schwarzen Viereckigen ab. Wände und Decken sind mit Stuckarbeiten und Engeln verziert. Der Empfang in solch einem Prunk schmeichelt Fouquières. Die beiden erreichen den ersten Treppen-

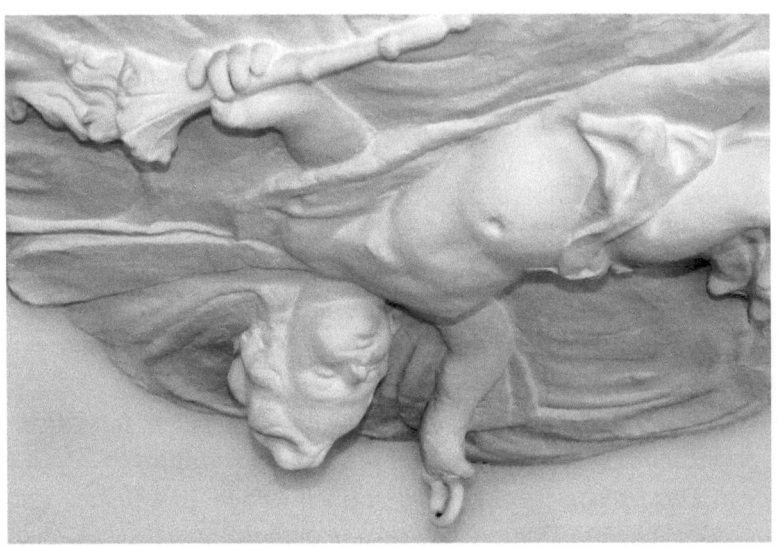

Putte an der Decke des Treppenhauses hat einen Kronleuchter gehalten.

absatz und gelangen durch eine hohe Tür in ein geräumiges Arbeitszimmer. Der Raum riecht nach Knaster und erkaltetem Feuer. Der hölzerne Fußboden knackt von Zeit zu Zeit. Die schweren Möbel stammen aus der Epoche »Louis Quatorze« und bestehen aus rötlichem Holz mit Intarsienarbeiten.

„Rauchen Sie eine Pfeife mit mir!", lädt Danton seinen Gast ein. „Der Tabak kam erst letzte Woche ganz frisch aus Amerika."

„Gerne", entspannt sich Fouquières. „Das Hotel scheint leer zu stehen. Ist dies ein »Hôtel Particulaire«, in dem der Inhaber wohnt?"

„Nachdem der alte Dodun in diesem Haus im Jahr 1736 gestorben ist, hat sich niemand mehr um das Gebäude gekümmert. Jetzt ist das Schmuckstück an den Staat gefallen, da sich keine Erben haben finden lassen."

„Wände, Decken und Böden sehen aus wie neu!"

„Das Gasthaus ist nur zehn Jahre betrieben worden! Nach der Übernahme haben wir einige Umbaumaßnahmen vorgenommen und die Räume renoviert."

Geschickt verbirgt Danton seine verknöcherten Finger. Beim An-
zünden der Pfeifen gelingt ihm das nicht mehr und der Komplex-
beladene schaut gebannt auf sein Gegenüber. Mit seinen Entstel-
lungen hat Danton zu leben gelernt, für seine krummen Finger
schämt sich der Egozentriker. Fouquières reagiert nicht. Der
Anwalt setzt sich in einen mit Schnitzereien verzierten Sessel und
bietet seinem Gast einen bequemen, schlichteren Stuhl vis-à-vis
an. Die Fenster liegen zur »Rue Traversières Saint Honoré« hin,
in die erst spät am Nachmittag die Sonne scheint. Daher befindet
sich der Raum überwiegend im Dunkeln.

„Hätten Sie Interesse, für den König zu arbeiten?"

„Wird sich der König denn mit einem von niedrigem Stand
wie mir ..."

„Ihre Aufgabe wird nicht unmittelbar bei Hofe sein! Sie
werden lediglich im Sold des Monarchen stehen!"

„Für das Königshaus zu arbeiten, wäre mir eine Ehre!"

„Wie denken Sie über diese Ideen von Freiheit und Brüder-
lichkeit, die derzeit aus Amerika über den Atlantik schwap-
pen? Sind Sie Freimaurer?"

Musizierende Muse unter Göttergesicht in einer Muschel.

Foto: Ingrid Ruch

Hinter der Rosette geht die Treppe weiter und hat insgesamt hundert Stufen.

„Nein! Ich gehöre keiner Vereinigung an – außer der katholischen Kirche natürlich. Um Politik habe ich mich nie gekümmert, das ist Sache des Königs! Ich suche nach anderen Herausforderungen, die mich leider in die Spielsucht getrieben haben."

„Dieses Hotel steht ab sofort Staatsgästen des Außenministers zur Verfügung. Ursprünglich habe ich vorgehabt, aus Ihnen einen Agenten zu machen, der sich um das Wohl der Ausländer kümmert. Natürlich, um diesen ein paar Geheimnisse zu entlocken. Andererseits ist das in Ihrem Fall vermutlich wenig effizient!"

„Ohne Fremdsprachenkenntnisse dürfte eine solche Anforderung an mich nicht leicht sein!"

„Alle Diplomaten sprechen französisch und in diesem Haus arbeitet ein ganzer Stab von Übersetzern! Mein Freund, der neue Außenminister, Armand Marc de Montorin Saint-Hérem, hat mir eine andere Verwendung für Sie vorgeschlagen,

Das Staatshotel der toten Mädchen

die weit delikater ist. Eine Aufgabe, die Feingefühl und Kälte erfordert."

„Das klingt abenteuerlich."

„Wir brauchen einen Werber, der Mädchen herbei schafft. Bereitwillige Frauen, die Gäste auf andere Gedanken bringen."

„Leichte Mädchen stehen an jeder Straßenecke."

„Das Beschaffen ist nicht das Problem. Das Entsorgen bereitet uns Kopfzerbrechen."

„Weit mehr als für ihre Dienste sonst üblich zu zahlen, sollte für deren Schweigsamkeit genügen."

„Seien Sie nicht so naiv! Etwas mehr Geld von der Gegenseite oder ein wenig Folter und wir reden nicht mehr über Geheimhaltung. Was in diesen Wänden geschieht, darf der Mob nicht einmal ahnen! Denken Sie, einer solchen Aufgabe gewachsen zu sein?"

„Was ist mit dem Spielen auf Staatskosten?"

„Ich vergaß Ihre Sucht! Wir werden nicht ständig Staatsgäste bewirten. Dazwischen finde ich einheimische Kandidaten, auf die ich Sie als Spion ansetze – wenn Sie die eben genannte Aufgabe zu meiner vollen Zufriedenheit erledigen!"

Im Hof ist das Klappern von Hufen auf dem Asphalt zu hören.

„Der König ist eingetroffen!", ist Danton erregt. *„Eilen Sie sich! Wir machen ihm unsere Aufwartung! Lassen Sie mich reden! Der König ist wahnsinnig kompliziert!"*

„Der König kommt in dieses Haus?"

Ohne eine Antwort zu geben stürzt Danton aus dem Zimmer und durch das Treppenhaus in den Hof. Monsieur Leduc schickt sich an, eine verborgene Einfahrt zu öffnen. Der Alte sieht Fouquières und streckt unwissentlich seinem neuen Vorgesetzten die Zunge heraus!

„Lassen Sie das bitte sein!", befiehlt ihm dieser.

„Das Tor zur Hölle wird sich öffnen und Sie verschlingen!"

„Verschwinden Sie!"

„Das könnte Ihnen so passen! Noch habe ich die Schlüssel-
gewalt für dieses Haus!"

Der Kutscher lenkt die Staatskarosse auf eine Rampe in den Keller. Die Pferde scheuen vor der Dunkelheit. Der Wagenlenker
steigt ab, beruhigt die Tiere und führt das Leittier an den Zü-
geln hinab. Danton und Fouquières folgen dem Gefährt in einen
unterirdischen Hof für Droschken. Leduc eilt sich, die Tür des
Fahrzeugs zu öffnen. Zunächst verlässt der Außenminister das
beheizte Vehikel. Nachdem sich die Herren in einer Linie auf-
gestellt haben, steigt der König aus. Die Anwesenden verneigen
sich vor dem Staatsoberhaupt. Marie Antoinette meidet seit der
Halsbandaffäre jegliche Theaterbesuche, daher ist ihr Platz leer.

„Danton!", freut sich Ludwig der Sechzehnte. „Das Haus
macht einen guten Eindruck!"

„Danke, mein König!"

Rechts unten befindet sich der Zugang zum unterirdischen Kutschhof.

Das Staatshotel der toten Mädchen

„Kommen Sie mit dem Aufbau der Geheimpolizei ebenso gut voran?"

„Natürlich, Eure Majestät! Meine Mühen geschehen in Eurem Sinne!"

„Wer ist der junge Mann?", gibt sich der König überrascht.

„Tut der Monsieur, was wir von ihm fordern?"

„Fouquières, Eure Majestät, Pierre Fouquières ist mein Name."

„Danton", setzt der König das Gespräch fort, ohne die Blickrichtung oder eine Miene zu verändern, „kümmern Sie sich um alles Weitere. Wir wünschen nicht enttäuscht zu werden!"

Der Außenminister eilt zu einem unterirdischen Gang, der in die Dunkelheit führt. Dort warten zwei Sänften mit je drei Trägern und zwei Lakaien mit Laternen. Der König setzt bei jedem Schritt einen Fuß über den anderen hinweg. Das verlangsamt das Tempo des pausbackigen Würdenträgers.

„Wohin gehen die Herrschaften?", fragt sich Fouquières hörbar.

„Der Gang führt zur »Comédie Française«. Von dort taucht der König unverhofft in seiner Loge auf, ohne mit dem Volk in Berührung zu kommen, und verschwindet ungesehen. Die Geheimhaltung solcher Zusammenhänge hat oberste Priorität!"

„Der König hat mich nicht einmal zu Wort kommen lassen!"

„Ich hatte Sie gebeten, den Mund zu halten! Nur verdiente Menschen haben das Recht, mit dem König zu reden! Die Nacht bricht herein. Gehen Sie nach Hause! Morgen Mittag weise ich Sie in Ihre Aufgaben ein!"

„Kann ich einen Vorschuss haben? Für ein kleines Spiel heute Abend?"

„Meinetwegen. Knüpfen Sie ein paar Kontakte. Das kann nie schaden. Achten Sie auf Ihre Worte!"

***

Fouquières streift in der Abenddämmerung durch enge Gassen rund um die »Égilse des Innocents«. Laternenanzünder erhellen einen Straßenzug nach dem anderen. Erste Motten schwirren herbei.

„Um Mädchen zu fangen", verknüpft der frisch-
gebackene Geheimagent die Beobachtung mit seinem
Auftrag, „braucht der Fänger ein Licht!"

Was ist hierfür erforderlich? Fouquières hat früh geheiratet und sich auf das Studium konzentriert. Das weibliche Wesen ist ihm ein Rätsel. Der Nachtschwärmer beschließt, Damen auf litera-rischen Salons zu überreden, ihm ins »Hôtel Dodun« zu folgen. Der Grübler verwirft den Gedanken. Das Verschwinden von Weibsbildern aus gehobener Gesellschaft landet in der Presse. Ihrer Bildung wegen durchschauen diese trotz der verabreich-ten Drogen zu rasch sein Spiel. Das ideale Opfer ist unerfahren, ungebildet, unbedarft und an ein hartes Leben gewohnt. Solche leben am Rande der Stadt, der ein gewisses Risiko birgt, in die Fänge von Straßenräubern zu geraten.

„Ich benötige eine schlagfertige Einsatztruppe und eine
dunkelfarbige Kutsche mit schwarzen Pferden", redet Fou-
quières sich ein, „die bei Nacht nicht zu sehen ist."

Die Ungewissheit treibt ihn zu einer verwegenen Erkundung der Vorstadt im Süden an. Immer dubioser erscheinen ihm die Ge-stalten in den Häuserecken zu sein. Da tummeln sich Gelegen-heitsdiebe, Schmuggler und Raufbolde. Der Agent versucht, sei-nen Blick auf diese Kleinganoven zu schärfen. Seine gepflegte Kleidung weckt deren Misstrauen.

Am Stadtrand enden die Laternen. Ein Hund bellt. Kurz da-rauf stimmen in der Umgebung weitere Köter in das Gekläffe ein. Fledermäuse schwirren durch die Luft. Der aufgeweichte Boden macht seinen aus dünnem Leder gearbeiteten Schuhen zu schaffen. Der einstige Sohn eines Grundbesitzers hasst das Land! Wegrutschen im Matsch verursacht bei ihm Übelkeit. Kur-ze Verschnaufpause. Vereinzelt huschen gespenstische Schatten mit Handlampen in die Dunkelheit der Armenviertel.

Die »Église des Innocents« an der Fouquières vorbei gekommen ist.

Am Tag ist das Labyrinth namenloser Straßen bereits eine Gefahr. In der Nacht riskiert ein Stadtbewohner zwischen den illegalen Behausungen für immer zu verschwinden. Der Gestank der Latrinen und Abfallhaufen steigen ihm in die Nase. Zu dieser späten Zeit ist kein potenzielles Opfer ohne Begleiter unterwegs. Diese nicht von der Hand zu weisende Tatsache zwingt den Sondierenden zur Aufgabe.

✳✳✳

„Sie sind von Ihrer Tagestour spät zurückgekehrt!“,
empfängt ihn seine Gattin.
Die gesellschaftlich am Abgrund Stehende hat nicht damit gerechnet, ihren Ehemann jemals wieder zu sehen. Der Anstand hätte geboten, nach der Zahlungsunfähigkeit den Freitod zu wählen. Sie fragt sich, ob ihr Gatte ausnahmsweise beim Spiel gewonnen hat. Die Verarmte bleibt auf ihrem schlichten Stuhl sitzen und legt aus Höflichkeit die Zeitung beiseite. Im durch ihre Bewegung verursachten Windzug flackert die Kerze kurz auf.

Ihre Augen ruhen auf jenem, der an diesem Morgen ihre Mitgift veräußert hat, um seine Spielschulden zu begleichen.

„Unsere Sorgen haben ein Ende, Liebes!"

„Waren Sie etwa wieder spielen?", fragt die Erstaunte, um ihre Freude nicht zu verraten. „Haben Sie mir nicht versprochen, damit aufzuhören?"

„Ich bin dem Anwalt Danton begegnet!"

„Ich habe von ihm im »Le Journal de Paris« gelesen. Ihre Begegnung, Maître D'Anton, hat sein ganzes Vermögen investiert, um dem Anwalt Charles-Nicolas Huet für achtundsechzigtausend »Livres« dessen Klientel und den Titel eines der dreiundsiebzig Rechtsanwälte bei den »Conseils du Roi« abzukaufen."

„Da wissen Sie mehr als ich!"

„Und dank Ihres Studiums des Rechts hat der Advokat Sie als seinen Gehilfen eingestellt?"

„Ihr scharfer Verstand, mein Liebes, überrascht mich stets aufs Neue!"

„Mit welchen Fällen werden Sie betraut?"

„Darüber haben wir noch nicht gesprochen. Raten Sie – denn Sie werden mir nicht glauben – wem ich heute begegnet bin!"

„Spannen Sie mich bitte nicht dermaßen auf die Folter! Ihren strahlenden Augen nach sind Sie einem Minister begegnet."

„Dieses Mal haben Sie die Person leider nicht erraten! Ich sah den König persönlich!"

„Unseren König? Halten Sie mich zum Narren?"

„Weshalb sollte ich Ihnen gegenüber derartigen Schabernack treiben?"

„Aus welcher Distanz haben Sie den König zu Gesicht bekommen? Hat unser Monarch Sie wahrgenommen?"

„Ludwig der Sechzehnte stand leibhaftig vor mir! Unser Staatsoberhaupt hat dessen ungeachtet nachgefragt, wer ich denn sei!"

„Ich kann mir Sie bei Hofe beim besten Willen nicht vorstellen! Ich bin so stolz auf Sie! Endlich wendet sich das Glück zu unseren Gunsten."

***

Am nächsten Tag begibt sich Fouquières zum »Hôtel Dodun«. Unterwegs begegnen ihm aufgebrachte »Bürger«. Vor einer Bäckerei diskutieren diese über die rasant gestiegenen Brotpreise. Ordnungskräfte lösen die Versammlung gewaltsam auf. Durch den Vorfall verspätet sich der neue Mitarbeiter. Danton ist erregt.

„Katharina die Zweite hat die Krim annektiert! Das werden sich die Osmanen nicht bieten lassen. Der russische Diplomat Jakob Iwanowitsch Bulgakow hat seinen Besuch in Paris angekündigt, wahrscheinlich um Frankreich um Unterstützung zu bitten. Wir haben die Aufgabe herauszufinden, was Russland im Schilde führt und wer sich mit Katharina verbünden wird. Für Frankreich steht viel auf dem Spiel! Sie haben eine Woche Zeit, im Haus alles Notwendige vorzubereiten. Wir werden leichtes Spiel haben, denn Bulgakows Vorliebe für berauschende Feste ist bekannt."

„Ich benötige Unterstützung für das Ergreifen der Mädchen."

„Sie haben freie Hand! Besonders bei der Frage, wie Sie die Mitwisserinnen verschwinden lassen. Niemand darf deren Leichen finden."

„Ich werde der Umsetzung wegen Umbaumaßnahmen im Keller vornehmen."

„Wenn das der Sache dient und für unseren Zweck unumgänglich ist, nur zu! Ich habe bereits dünne Wände in den Zimmern einbauen lassen. Wir haben unter unseren Agenten Dolmetscher, die wir dahinter verbergen und jedes gesprochene Wort protokollieren. Bedenken Sie bei allem Enthusiasmus, wir haben für solche Maßnahmen nur noch äußerst wenig Zeit. Ich habe folgenden Plan:

Wir werden von den Gästen ein Schweigegeld fordern,
damit ihre Affären und unachtsam ausgesprochenen Worte
geheim bleiben. "

„Weshalb sollten diese Hurenböcke zahlen? Ein Jeder hört
ständig von dem ausschweifenden Leben dieser Herrschaf-
ten. "

„Nicht wegen der Spielchen! Wegen der unachtsam aus-
geplauderten Staatsgeheimnisse! Die Zeuginnen sind ein zu
hohes Risiko! Denken Sie nur an die Presse! Sorgen sie für
die beste Art der Geheimhaltung. Beseitigen Sie alle Mit-
wisserinnen!"

„Sehr wohl Monsieur!"

„Das Schweigegeld werden wir uns redlich teilen. Damit
haben Sie genug Mittel, um Ihrem Laster nachzugehen.
Unser Erfolg hängt von Ihrem Geschick ab. Ich muss mich
voll und ganz auf Sie verlassen!"

***

16. Juli 1789

Zwei Jahre später, kurz nach dem Sturm auf die Bastille, bereitet
Fouquières den Empfang eines neuen Gastes vor. Seit Langem
hat der neue Geheimdienstchef für die Beschaffungen Unterge-
bene, die den gefährlichen Teil der Arbeiten verrichten. Längst
ist Dantons Arbeitszimmer sein Eigenes. Der »Maître« zeigt sich
selten im »Hôtel Dodun«, und wenn, um anderen Aufgaben zu
erledigen. Am Nachmittag erscheint der Anwalt des Königs bei
seinem Nachfolger.

„Sie sitzen seelenruhig an Ihrem Sekretär", ist seine
grußlose Ansprache, „während in der Stadt ein neues Zeit-
alter beginnt?"

„Wird einmal mehr um die steigende Akzise des Brotpreises
gestritten? Ertönt ein neuer Schrei nach Freiheit? Das aus
Amerika eingeschleppte Gedankengut ist ein unerfüllbares
Hirngespinst und das Abbrennen der Zollhäuser nicht die
Lösung der Probleme!"

„Seit heute Morgen reißen unsere Leute die Bastille nieder. Ich habe dem Marquis de La Fayette meine Unterstützung angeboten und trete seiner Nationalgarde bei. Der König wird seine Macht verlieren! Schließen Sie sich uns an Fouquières! Kämpfen Sie für unsere Sache! Kämpfen Sie für das Volk!"

„Ich kann meinen Platz nicht räumen! Ich warte noch immer darauf, vom König angesprochen zu werden! Beim letzten Besuch hat Ludwig mir tatsächlich ein Lächeln geschenkt!"

„Sie sind wahnsinnig! Ich nehme jetzt alle meine persönlichen Gegenstände mit. Ich kann Ihnen nur raten, alle Schweinereien, die Sie für den König begangen haben, zu kaschieren und sämtliche Unterlagen zu vernichten."

„Verschwinden Sie Danton! Ihr illoyales Verhalten widert mich an!"

Blick auf die Durchfahrt, durch die die königliche Kutsche eingefahren ist.

Die Zufahrt zum »Kutschhof« ist hinter der Fassade des Neubaus rechts versteckt.

Das Staatshotel der toten Mädchen

*„Ist das Ihr Dank, Sie vor der Deportation nach »Réunion«
bewahrt zu haben?"*

*„Damals standen Sie noch auf der Seite des Königs! Jetzt
sind Sie ein Terrorist!"*

*„Noch einmal helfe ich Ihnen nicht! Ich hoffe, Sie haben
einen starken Schutzengel!"*

*In den vergangen zwei Jahren hat seine Ehe Früchte getragen.
Das zweite Kind erblickt bald das Licht der Welt. Den König im
Stich zu lassen, hieße, seine Familie ins Unglück zu stürzen.*

***

12. Juni 1791

*Weitere zwei Jahre später. Der König ist mit seiner Gemahlin
in der »Comédie Française«, die neuerdings »Théatre de la Na-
tion« heißt, wenn die Royalisten ihre Stücke aufführen. Die kons-
titutionelle Monarchenfamilie beweist durch ihre Anwesenheit
Volksnähe. Fouquières wartet, wie geheißen, im »Kutschhof« des
»Hôtel Dodun«. Da nähern sich schritte. Einer der königlichen
Diener kommt außer Atem angerannt.*

*„Der König bittet Sie, alles für seine Flucht vorzubereiten.
Der Mob im Theater tobt und fordert seinen Kopf!"*

*„Der König muss schnellstens zurück nach Versailles!
Gehen Sie vor zur Straße und schauen Sie, ob sich der
Pöbel bereits auf der Straße befindet! Ich öffne derweil das
Tor zum Hof!"*

*Fouquières kehrt in den Keller zurück. Der König ist eingetrof-
fen und besteigt seine unauffällige, mit zwei Pferden bespannte
Stadtberline.*

*„Mein lieber Fouquières!", begrüßt der Monarch seinen
treuen Untergebenen.*

*„Eure Majestät!", ist der Angesprochene vom Blitz getrof-
fen.*

*„Sie haben mir in diesen schweren Zeiten große Dienste
erwiesen! Sobald sich die Lage beruhigt hat, werden wir
Sie für Ihre hervorragende Arbeit angemessen belohnen."*

Der Diener kehrt von seiner Erkundung zurück und schüttelt den Kopf.

„Beeile Eure Majestät sich!", mahnt Fouquières den König. „Noch ist das Gesindel nicht auf der Straße!"

„Wir werden nach Ihnen schicken lassen! Veranlassen Sie hier alles Nötige!"

Die Kutsche setzt sich in Bewegung. Fouquières folgt ihr die Rampe hinauf und winkt dem König hinterher. Das Gefährt verschwindet nach links in der »Rue de Richelieu«.

Was hatte der König mit „alles Nötige" gemeint? War dies das Ende der Monarchie? Wie ginge sein Leben weiter, wenn der König keine Gäste mehr empfing? Das Beste wäre, vorläufig unterzutauchen und den Alten damit zu beauftragen, sich um das leer stehende Haus zu kümmern. Fouquières verschließt mit dem überdimensionierten Schlüsselbund, den Leduc ihm unter Zwang abgegeben hat, die Kellertüren. In sein Arbeitszimmer entzündet der erste Agent des Königs ein Feuer im Kamin und wirft nach und nach Aufzeichnungen der vergangenen Jahre, die restlichen Drogen und sonstige Beweisstücke hinein. Im Raum ist die Luft durch das Feuer stickig. Der Meister der Spionageabwehr öffnet das Fenster, da tritt der Alte herein.

„Das trifft sich gut!", begrüßt Fouquières den mürrischen Zankapfel. „Ich will Sie damit betrauen, eine Zeit lang nach dem Anwesen zu schauen."

„Einen Teufel werde ich tun!", krächzen die Worte aus einem nach Eiter stinkenden Hals. „Jetzt werden Sie für Ihren Frevel bezahlen, mir den Posten weggenommen zu haben!"

„Wovon reden Sie da? Danton hat mich engagiert, bevor ich Sie kennengelernt habe."

„Sie haben mich nie nach meiner Meinung gefragt. Sie haben mich stets nur herumkommandiert."

„Gewisse Tätigkeiten erfordern eine hohe Ausbildung."

„Ich war bereits Jurist, da haben Sie noch an den Zitzen Ihrer Mutter gehangen! Wären Sie damals nur gegangen! Aber das spielt keine Rolle mehr, Sie widerlicher Royalist!"

„Guter Mann! Wenn Sie mich beleidigen, werde ich ungeachtet Ihres Alters Satisfaktion von Ihnen verlangen!"
„Satisfaktion? Sie? Von mir? Ich wollte Ihnen die Gelegenheit zur Entschuldigung geben. Unter diesen Umständen hätte ich Sie vielleicht laufen lassen."

Ohne eine weitere Antwort abzuwarten, ist Leduc verschwunden. Verwundert setzt Fouquières sein zerstörerisches Werk fort. Nachdem alle Unterlagen den Weg durch die Flammen gefunden haben, zieht sich der Schweißgebadete in dem versteckten Ankleidezimmer neben seinem Büro um. Mit einem Spazierstock in der Hand tritt der um sein heiteres Leben der letzten Jahre Trauernde in den Hof. Ein kurzer Blick auf die lieb gewonnenen Fassaden seines »Hôtel Dodun«. Ist die Zeit gekommen, die Seiten zu wechseln? Revolutionäre benötigen ebenfalls fähige Agenten. Fouquières beschließt, gleich am nächsten Morgen den amtierenden Stuhlmeister der Freimaurerloge »Les Neuf Sœurs« Charles Dupaty aufzusuchen. Ein Freund von Danton, der seines Wissens seit Kurzem dort Mitglied ist. Gedankenversunken öffnet Fouquières die Tür zur Straße und tritt heraus.

Foto: Pierre Dietz

Zufahrt von der Rue de Richelieu.

„Das ist der Verräter!", schreit Leduc. „Vorsicht! Der Spion ist bewaffnet!"

Zwanzig Soldaten der Nationalgarde stehen und knien ihm gegenüber auf der anderen Straßenseite. Der Feuerbefehl ist das letzte, was Pierre Fouquières in diesem Leben hört.

* * *

Paris Ostern 1987, zweihundert Jahre später

Mitten in der Nacht wachte ich auf und musste dringend aufs stille Örtchen. Da sich die Toilette meiner Tante unzureichend durch einen halbhohen Sichtschutz vom Schlafzimmer trennte und ich einen Freund zu Besuch hatte, war ich gezwungen, die

öffentliche Bedürfnisanstalt des Hauses zu nutzen. Der Abort lag am Ende eines langen Gangs. Ein weiter Weg, wenn der innere Druck nicht mehr auszuhalten war. Der Flur führte vom Zimmer zunächst nach rechts, zwei Wohnungstüren weiter nach links. In dieser Ecke hatte ich das Gefühl, unter Beobachtung zu stehen. Ich ignorierte die Gänsehaut, setzte mich über meine Ängste hinweg und eilte weiter. Der Spülkasten hing knapp unter der Decke. Zögerlich betätigte diese Höllenmaschine über einen Holzgriff, der an einer Kette baumelte. Das Wasser rauschte unter höllischem Getöse durch die ratternde Rohrleitung. Der Lärm war trotz der dicken Wände im ganzen Haus zu hören. Auf dem Rückweg erlosch unvermittelt das Licht. Ein eiskalter Schauer fuhr mir über den Rücken.

Unheimlicher Gang im Dachgeschoss. Besagtes Fenster ist bei der Leiter.

In unerreichbarer Entfernung glühte das Lämpchen des Licht-
schalters. In dunkelorange tänzelte das Zünglein auf und ab. Ich
tastete mich in Richtung dieser winzigen Lichtquelle. Warum hat-
te ich nicht an die Taschenlampe gedacht? Wieder überkam mich
das Gefühl, von unzähligen Augen beobachtet zu sein. Ich wähn-
te Frauengesichter im Fenster zu sehen. Ein Klicken des Schal-
ters und ein Klacken der Zeitschaltuhr. Das Hauptlicht brann-
te. Ich eilte mich, schnellstens in die Wohnung zurückzukehren.
Am nächsten Tag erzählte ich meiner Tante von dem Spuk in der
Nacht. Für die Junggebliebene waren meine Ausführungen nicht
verwunderlich, was mich erstaunte.

Das Haus, in dem wir wohnten, war jenes »Hôtel Dodun«

Im Jahr 1948 baute die Post auf dem benachbarten Grundstück
in der »Rue Molière«[1] ein neues Amt. Beim Abriss des alten
Nachbarhauses gerieten die Erdarbeiten aufgrund eines schreck-
lichen Fundes ins Stocken. Bagger hatten menschliche Skelette
freigelegt. Die Polizei kam zu dem Ergebnis, die Leichen seien
nicht aus der Neuzeit. Archäologen bestätigten den Fund eines
Massengrabs aus der Zeit kurz vor der Revolution. Die Gruft war
eine Fallgrube, in der ausschließlich Knochen von Frauen auf im
Boden befestigten Spießen steckten.

Die Rekonstruktion der Forscher ergab: Häscher des Königs
brachten Mädchen von der Straße unter dem Versprechen reicher
Entlohnung, mit einer noblen Kutsche in das »Hôtel Dodun«,
um die sexuellen Gelüste von Staatsgästen zu erfüllen. Von dem
Pomp geblendet hatten sich die Gelegenheitsprostituierten auf
das lukrative Angebot eingelassen. Im Haus angekommen folgte
ein heißes Bad. Die Ahnungslosen erhielten Parfüm und Reiz-
wäsche. Die Agenten setzten heimlich die gesamte Gesellschaft
unter Drogen. Nachdem die Gäste befriedigt oder den Rausch-
giften erlegen waren, begleiteten die Lockspitzel ihre Opfer in
den Keller. Die Mörder gaben vor, der Gang führe zur Straße.

---

1 *Vormals die besagte »Rue Traversières Saint Honoré«.*

Das Staatshotel der toten Mädchen

Von dort ginge der Heimweg ungesehen von der Öffentlichkeit nach Hause zurück. Die Belohnung gäbe es an der Ausgangstür. Die Mörder drängten die Ärmsten in den schmalen Korridor mit der Fallgrube. Im Laufe der Revolution ist der Geheimgang zugemauert worden und in Vergessenheit geraten.

***

Foto: Public Domain

Ludwig der Sechzehnte floh in der Nacht vom 20. auf den 21. Juni 1791. Die Flucht endete vorzeitig mit seiner Festnahme in Varennes. Am Vormittag des 21. Januar 1793 haben die Revolutionäre den König auf dem »Place de la Révolution«[2] enthauptet. Im Oktober guillotiniert diese am gleichen Ort Marie-Antoinette und am 5. April 1794, nach einem bewegten politischen Leben, Georges Danton.

---

2 Heute »Place de la Concorde«.

Jugendzeit in Paris

Teil 2

Banzai

Die Metro brachte uns für ein paar Cent und im Verhältnis zum immer verstopften Straßenverkehr recht zügig an alle Punkte der Stadt. In jeder Haltestelle war eine Attraktion zu sehen oder eine bauliche Raffinesse zu bestaunen. In einigen Stationen gaben Bäckereien, Zeitschriftenläden oder Blumenhandlungen die Gelegenheit zum raschen Einkauf auf dem Weg von A nach B. Vielenorts spielten Musiker einzeln oder bis hin zu ganzen Orchestern.

Foto: pixabay.com / distelAPPArath

Auf den Straßen herrschte hektisches Treiben. Eine Vielzahl von Cafés, Boutiquen und Museen sorgten für Kurzweile. An Orten mit historischer Kulisse fanden öffentliche Modenschauen statt. Man sah bisweilen bekannte Politiker, begegnete berühmten Schauspielern, traf angesagte Sänger und weitere Persönlichkeiten aus dem Sport oder dem Umfeld des Schwerverbrechens.

Bei meinem Gast kam Langeweile auf. Kaum nachvollziehbar, doch ihm fehlte der »Kick«. Ein außergewöhnliches Abenteuer. Meine jung gebliebene Tante hatte dafür volles Verständnis. Leben braucht Aufregung und auf Dauer keine Museen, Sehenswürdigkeiten oder Einkaufszentren. Sie empfahl uns den »Foire du Trône«. Dieser saisonal geöffnete Freizeitpark läge am Rande des »Bois de Vincennes« neben dem »Lac Daumesnil« und sei über die Metro »Porte Dorée« unkompliziert zu erreichen.

***

Am späten Nachmittag begaben wir uns auf den Weg. Am Ausgang der Metro empfing uns die goldene Statue der Göttin Athene. Wie nicht anders zu erwarten, schlenderten wir achtlos vorüber. Das Denkmal der Veteranen des Indochina-Konflikts war für uns unsichtbar. Angestrengt suchten wir nach einem Hinweis in den Häuserschluchten auf den Vergnügungspark. Hatte uns die Tante in die Irre geleitet? Da sich kein einziges Schild auftat, folgen wir der Masse an Menschen. Ein paar Straßen weiter waren wir am Ziel. Uns erwartete ein aus den Fugen geratener Rummelplatz von der vier- bis fünffachen Größe der Rüsselsheimer Kerb. Ein Plakat wies uns darauf hin, uns auf dem ältesten und größten Jahrmarkt Frankreichs aufzuhalten.

***

Was wir sahen, entsprach nicht entfernt unseren Vorstellungen. Das Interesse an Achterbahnen oder Karussells tendierte gegen null. Nach kurzer Zeit hatten wir den Eindruck, die Buden wiederholten sich. Fahrten mit einem von einer Dampflok gezogenen Zug auf einer Kreisbahn schlossen wir ebenfalls aus.

Eine Handvoll gebrannte Mandeln trösteten uns über den Anblick einer Schar tobender Kinder hinweg, die sich prächtig amüsierten. Ist das nicht die dritte Geisterbahn, an der wir vorbeigekommen sind? Wir geben uns einen Ruck und nähern uns einem Schießstand. Der Inhaber mustert uns lange und weist auf die späteren Abendstunden hin, wenn saftige Gewinne mit echten Waffen zu erschießen seien.

Die Zeit stand still. Langsam schoben wir uns mit der Menschenmenge über den Platz, bis wir wieder am Eingang angelangt waren. Hatten wir die Hauptattraktion übersehen? Auf zu einer zweiten Runde. Wir wagten uns, den Hauptweg zu verlassen. Ein überdimensionierter Autoscooter war der Lohn für unser Wagnis. An der Kasse beäugt uns der Kassierer und verwies uns auf die abendlichen Stunden, wenn die richtigen Fahrzeuge zum Einsatz kämen.

***

Bis zum Anbruch der Dunkelheit langweilten wir uns in einem Café gegenüber des Parks. Von dort sahen wir, wie sich das jüngere Publikum samt der zugehörigen Eltern lichtete. Unsere Zeit war gekommen.

Außer an den Essensständen hingen Schilder, die auf ein Verbot der Nutzung unter sechzehn, manche unter achtzehn Jahren hinwiesen. An der Schießbude lagen Ohrschützer herum. Daneben war eine Tür geöffnet, die zu einem langen Gang gehörte, an dessen Ende Zielscheiben hingen. Ein Hobbyschütze legte ein Gewehr an. Ohrenbetäubender Lärm ließ uns zusammenzucken. Mein Freund zerrte mich weg, da ihm vorschwebte, den Kriegsdienst zu verweigern. Ich erinnerte ihn an die Entfernung bis nach Deutschland. Die Furcht vor einem zufälligen Foto in den Händen des Kreiswehrersatzamtes saß tief.

Da kam der Autoscooter wieder in unser Blickfeld. Zu unserem Erstaunen war die Anlage bis auf einen unserer Meinung nach minderjährigen Japaner, der einsam seine Runden zog, menschenleer. Mein Freund und ich setzten uns in eines der

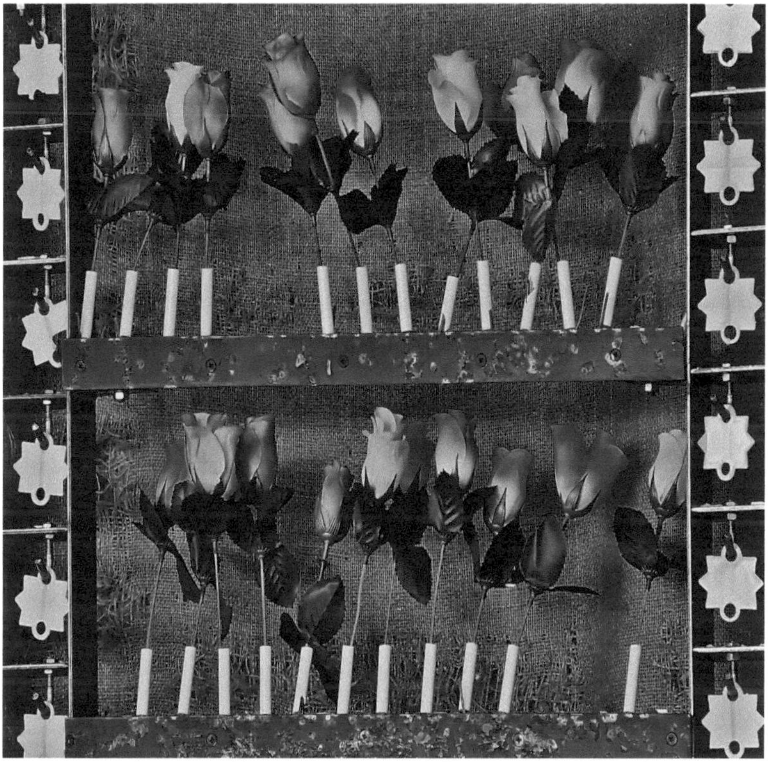

Foto: pixabay.com / RitaE

Fahrzeuge. Das Tempo war atemberaubend. Um dem einzigen Gegner eine Freude zu bereiten, riefen wir bei jedem Versuch, ihn zu rammen, »Banzai«. Ihm hat das nicht gefallen und unser neuer Freund hat sich zügig entfernt.

***

Wir haben eine Vielzahl einsamer Runden gedreht und die stehenden Scooter gerammt, bevor wir uns auf den Weg zurück zur Metro begeben haben. Wir stiegen die Treppe hinab und schauten einem Uniformierten beim Absperren der Gitter des Eingangs zu. Die letzte Metro sei abgefahren. Rund eineinhalb Stunden später haben wir die rund sieben Kilometer zu Fuß zurückgelegt. Meine Tante hat da schon lange geschlafen.

Verpackt

Wir freuen uns auf Weihnachten oder unseren Geburtstag, denn uns erwarten verpackte Geschenke. Die kurze Zeit bis zum Zerreißen oder fein säuberlichen Öffnen lässt unser Herz höherschlagen. Dann der Moment, in dem wir uns in dem Bruchteil einer Sekunde entscheiden müssen, ob uns das Präsent gefällt oder wir uns dennoch überschwänglich dafür bedanken – müssen. Am Ufer der Seine waren mehr Menschen unterwegs wie gewöhnlich und im Wasser trieb mehr Abfall als sonst.

„Das ist keine Kunst!", kam mir ein aufgebrachter Passant entgegen.

Ein Schlauchboot kurvte nervös vor der »Île de la Cité. Einer der Männer darin gab mit einem Walkie-Talkie Anweisungen. Etwas störte meinen sonst gewohnten Blick auf die Brücke »Pont Neuf«. Jemand war dabei, das Bauwerk zu verpacken. Hatte die Stadt vor, jemandem den bemerkenswerten Viadukt zu verschenken?

***

Ruhe vor dem Sturm. Noch nehmen nur wenige Notiz von der Veränderung.

Seltener Blick zwischen Verpackung und Objekt.

Ein Boot der Polizei kreuzte auf und tuckerte seelenruhig fluss-abwärts an den sandsteinfarbenen Stoffbahnen vorbei. Immer mehr Schaulustige strömten aus allen Himmelsrichtungen zu geeigneten Fotopunkten. Ich bahnte mir einen Weg durch die Massen. Vor dem Kaufhaus »Samaritaine« endlich die Aufklärung in Form von bedruckten T-Shirts und Drucken der Planungsskizze. Der Künstler Christo sei für das überdimensionale Geschenk verantwortlich.

Fotos (5): Pierre Dietz

Verpackt

Wie ich später erfahren habe, waren die Pariser und der damalige Bürgermeister Jacques Chirac gegen das Projekt. Zehn Jahre haben das Künstlerpaar Christo und Jeanne-Claude für die Realisierung gekämpft, bis im September 1985 ihr Traum in Erfüllung ging. Während der zwei Wochen haben sich drei Millionen Besucher das Kunstwerk angeschaut.

Zehn Jahre später verhüllen die beiden in Berlin der Reichstag. In diesem Fall waren Helmut Kohl und Wolfgang Schäuble dagegen.

Bombenzeiten

Ich blieb wach und wartete. Die Uhr zeigte nach Mitternacht an. Die Spannung stieg ins Unerträgliche. Jeden Moment wiederholten sich die Ereignisse der letzten Tage. Ich wohnte im ersten Arrondissement. In diesem Viertel waren überdurchschnittlich viele Reisebüros angesiedelt. Diese Branche hatte eine Bande libanesischer Attentätern seit Wochen im Visier. Vor jeder Agentur standen Wachen der »CRS«[1]. Die Bomben gelangten auf anderen Wegen in die Verkaufsräume. Die Polizei war machtlos. Ein Uhr durch. Schlaf undenkbar. Ich wagte nicht, einen Blick aus dem Fenster auf das Reisebüro gegenüber zu werfen. Bei einer Detonation bestand die Gefahr, sich durch herauffliegende Splitter zu verletzen. Die Explosion wäre in der Lage, das Glas zerbersten zu lassen. Warum sich unnötig in Gefahr bringen?

✳✳✳

Was war los in meiner Welt? Am 19. Juni 1985 war ich am Frankfurter Flughafen knapp einem Bombenanschlag entgangen. Ein dumpfer Knall, eine Druckwelle und im Boden klaffte ein Loch von zwei Metern Durchmesser. Zwei australische Kinder und ein älterer Herr überlebten die Entladung der in einem Mülleimer versteckten Bombe nicht. Einen mir bekannten Kellner haben herabstürzende Glasteile der Außenverglasung schwer verletzt. Von dem von der Decke abgehängten »Fieseler Fi 156 Storch« hing ein Flügel herunter. Der Sprengkörper war durch die Tragfläche hindurch bis unter das Dach geflogen, wo Reste der Ladung weiter zündelten. Ich habe mich über das Verhalten der Anwesenden gewundert, die erst ins Freie geflohen sind, nachdem jemand lautstark auf das Vorhandensein einer weiteren Bombe hingewiesen hatte. Dieses Ereignis lag ein paar Monate zurück. Der Schreck saß mir schwer in den Knochen.

✳✳✳

---

1 Sicherheitskompanie der Republik.

Die »Galeries Lafayette« waren am 7. Dezember Ziel eines Anschlags.

Das Kaufhaus »Galeries Lafayette« lag an den »Grand Boulevards« hinter der Opéra Garnier. Am 7. Dezember 1985 versehrte im Eingangsbereich eine Detonation dreiundvierzig Kunden. Die »ASALA[2] übernahm die Verantwortung. Am 3. Februar 1986 lädierte eine Explosion acht Menschen in einer Einkaufspassage auf den »Champs-Élysées«. Am gleichen Tag entschärften Sicherheitskräfte eine Bombe auf dem Eiffelturm.

Am Tag darauf kaufte ich morgens bei »Gilbert Jeune« am »Place Saint-Michel« Zeichenbedarf. Da dort Comics im Sortiment waren, hielt ich mich in diesem Geschäft sonst oft stundenlang auf. Zu meinem Glück war an diesem Tag mein Aufenthalt von kurzer Dauer. Am Abend meldeten die Nachrichten den Tod einer Kundin, die durch eine im Keller des besagten Ladens gezündete Brandbombe ums Leben gekommen war. Kurz nachdem ich die Buchhandlung verlassen hatte. Drei Weitere sind verwundet worden. Siebzehn Löschfahrzeuge und hundert Feuerwehrleute waren über eine Stunde im Einsatz, um den Brand zu löschen. Die Menge der Anschläge ließen einen jeden Schritt durch die Stadt überdenken. Gleich am nächsten Tag explodierte eine Bombe in dem Buch- und Plattenladen »FNAC« im Untergrund-

2 Geheimarmee zur Befreiung Armeniens.

Eine Brandbombe verwüstete den Buchladen »Gilbert Jeune«.

Fotos (2): Pierre Dietz

Eine Bombe explodierte im »Forum des Halles« im Plattenladen »FNAC«.

komplex »Forum des Halles«, wo ich ebenfalls oft zugegen war, und verletzte neun Menschen.

Kurz vor zwei Uhr. Ein dumpfer Schlag! Das war nicht in unserer Straße! Gleich darauf ein zweiter Knall, weiter weg. Sofort heulten Sirenen der Polizeifahrzeuge los und Martinshörner der Feuerwehr ertönten. Dann kehrte Ruhe ein. Ich schlief endlich. Da niemand verletzt worden war, sind diese Anschläge in Vergessenheit geraten.

Die Kontaktorange

Paris – angeblich die Stadt der Liebe – ist für einen erwachsen werdenden Schüler in den Herbstferien bisweilen mit Einsamkeit verbunden. Durch die leeren Straßen fegte ein eisiger Wind, der Staub und flugtaugliche Abfälle in mein Gesicht wehte. Düstere Wolken ritten über die bleiernen Dächer und drückten auf die Stimmung. Mancher Regenschauer zwang mich zu einem kurzen Aufenthalt in eines der leeren Cafés.

Niemand, mit dem ich ein Gespräch angefangen konnte. Die Kellner waren zu deprimiert, um ein paar belanglose Floskeln über ihre Lippen zu bringen. Die Berufstätigen saßen in ihren geheizten Büros, wo Heißgetränke auf ihren Schreibtischen dampften. In den Touristengeschäften wölbten sich dank der hohen Luftfeuchtigkeit die Postkarten. Bei diesem unbeständigen Wetter verspürte kein Reisender das Verlangen, nach Hause zu schreiben. Ein offener Doppeldeckerbus fuhr ohne Fahrgäste an mir vorbei. Kein Student lag vor dem Brunnen am »Place Saint-Michel« und kein »Bouquinist« hatte seinen englischgrünen Holzkasten geöffnet.

* * *

Da leuchtete mir ein rotoranger Ball aus dem Grau eines Platzes entgegen. Eine überdimensionale Orange. War der Zeitpunkt nicht zu früh für den Verkauf von Südfrüchten? Ich vermutete eine Werbekampagne der Regierung, um den Verzehr vitaminreicher Nahrung in der lichtlosen Jahreszeit zu fördern. Neugierig umrundete ich das Objekt aus lackiertem Blech.

Die gegenüberliegende Seite war offen. Dahinter stand ein blondes Mädchen mit Sommersprossen. Die junge Frau lächelte mich von Weitem an. Erfreut über die Aufforderung wagte ich mich bis an den Tresen heran. Für zehn »Francs« stand das Angebot an der Rückwand, gäbe es Saft aus zwei frisch gepressten Orangen. Auf einem Zettel darunter war zu lesen, die freundliche Bedienung suche eine Anstellung in einem Büro. Die gelernte

Fotos (2): Pierre Dietz

Verkäuferin erklärte mir, seit Längerem arbeitslos zu sein. Die Suche nach einem neuen Arbeitsverhältnis gestalte sich schwierig, da Unternehmer bevorzugt ihnen bekannte Personen beschäftigen. Die »Kontaktorange« sei eine Initiative des Arbeitsamtes. Eine Begegnungsstätte, wo sich Arbeitssuchende und Arbeitgeber ungezwungen kennenlernen. Das Konzept schien unausgereift. Welcher Personalchef führt ein Bewerbungsgespräch außerhalb seines Büros und hat Zeit zu warten, bis der Orangensaft fertig ist? In den folgenden Jahren habe ich nie wieder eine »Kontaktorange« gesehen.

Graffitis

1986

Paris war gefühlt eine durchgehende Baustelle. Im Innenhof des »Louvre« ließ der Staatspräsident Mitterrand Glaspyramiden errichten. Unter dem Park der »Tuilerien« legten Archäologen mittelalterliche Grundmauern frei und Bauarbeiter die »Avenue du Géneral Lemonnier« tiefer. Kein Gebäude im Zentrum ohne umfangreiche Sanierungsmaßnahmen. Ein Meer an Bauzäunen säumten die begehbaren Areale. Die Holzlatten waren mit sogenannten »Freestyles« bunt besprüht. Die Motive waren zumeist Schriftzüge, die wegen ihrer übertrieben Formen nicht lesbar waren.

✳ ✳ ✳

Mein Freund Martin war zu Besuch. Wir hatten die Idee, Kunstwerke zu schaffen, die von der Presse wahrgenommen und dadurch publikumswirksam Verbreitung fänden. Wir suchten nach einem zündenden Gedanken, der sich über die ganze Stadt ausbreiten ließ. Das Budget war gering. Martin studierte und ich

Der Louvre im Umbau. Noch existieren die Pyramiden nur auf Plänen.

war angehender Künstler. Eine erste Idee, alle Parkverbots-schilder mit Baguette zu überkleben, scheiterte an der Finanzier-barkeit und der anzunehmenden Strafverfolgung wegen groben Unfugs. Verschwendung von Lebensmittel traf davon abgesehen nicht den Zeitgeist.

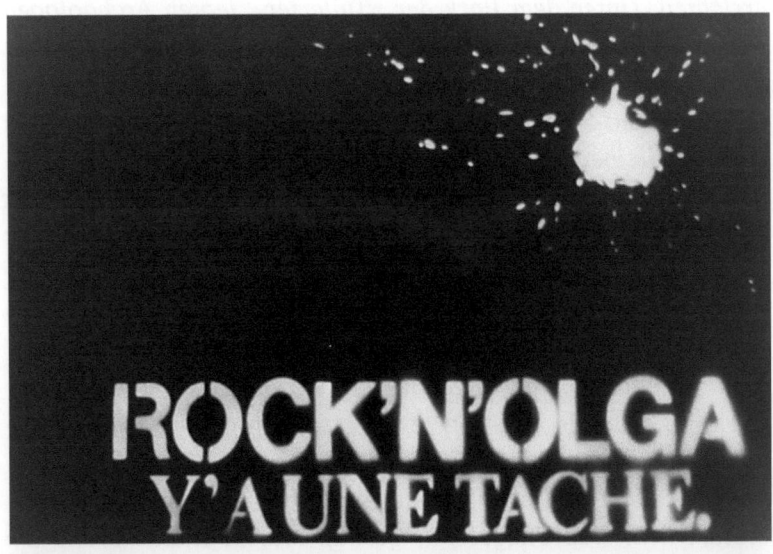

Foto: Pierre Dietz

Da stachen uns die ersten Schablonen-Graffitis ins Auge. Schlichte Motive, die sich auf das Wesentliche grafisch reduziert, x-beliebig oft vervielfältigen ließen. Uns beeindruckte eine Reihe, die mit »Rock'n'...« anfing. Ein Klecks über dem Schriftzug »Rock'n'Olga« und darunter (übersetzt) »da ist ein Fleck«. Olga war eine Institution, wie wir später erfuhren, die Gesprühtes chemisch wieder entfernte.

Nachdem wir uns mit den nötigen Materialien eingedeckt und unsere Vorlage geschnitten hatten, begaben wir uns in die Dunkelheit der schlafenden Stadt. Nach Mitternacht waren in Paris die Bürgersteige hochgeklappt. Restaurants, Bars und Theater geschlossen. Die Straßen menschenleer. Wer unterwegs war, hatte die letzte Metro verpasst. Paris lag im Tiefschlaf.

Fotos obere Reihe (2): Pierre Dietz

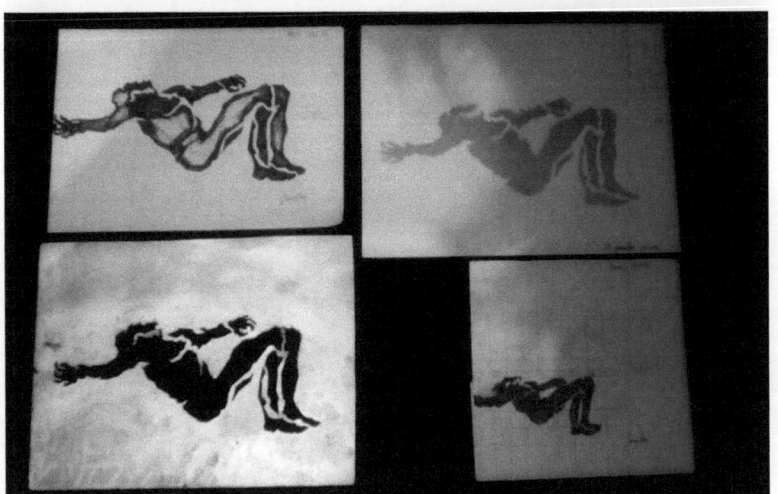

Fotos untere Reihe (3): Martin Fenske

Skizze, Schablone und erste Sprühprobe auf Papier.

Graffitis

Treppen sind für Graffitis denkbar ungeeignet.

Schablone und die Realität an der Wand.

Teils poetisch, frech oder militant, doch stets mit unverkennbarer Handschrift.

Entlang der Seine verzierten wir Treppenstufen. Zwei Tage später waren wir über das Resultat enttäuscht. Viele Sohlen hatten Teile der Farbe abgerieben. Wände hatten einen entscheidenden Vorteil.

**

Foto: Martin Fenske

Meist auf einer Mauer doch wie in diesem Fall auf einem Baumstamm.

Jeff kannte den Wirt des Lokals in der Rue Rambuteau, wo wir uns trafen.

Wir durchstreiften mit Fotoapparaten bewaffnet die Gegend rund um das »Centre Pompidou« und lichteten die Graffitis der anderen ab. Ein Franzose gleichen Alters sprach uns an, ob wir uns für diese Art von Kunst interessieren. Wir bejahten seine Frage und passten auf, uns nicht zu verraten. Er schlug ein Treffen für den kommenden Tag vor. Wir waren neugierig.

✳✳✳

Er stellte sich als »Jef Aérosol« von der Gruppe »Les Chablons« vor. Der Schöpfer der »Rock'n'…«-Reihe saß uns gegenüber! Wir erklärten ihm, ebenfalls Sprayer zu sein. Jef lud uns in den geheimen Klubraum ein und brachte uns das Klopfzeichen bei, ohne das sich die Tür nicht öffnete. Bis dahin sprühten wir direkt an die Mauern des »Louvre«. Dank der Baustellen hatten wir dort beste Deckungsmöglichkeiten. Zu unserer Freude fotografierten Touristen, von denen neuerdings Massen das Museum besuchten, unsere Motive.

Pierre Dietz • Sisi in der Normandie und andere Kurzgeschichten   *117*

Foto: Martin Fenske

Im Künstlertreff hielten sie uns für verrückt, da der »Louvre« das bestbewachte Gebäude sei. Wir erfuhren, dass »Speedy Graffiti« vom Staat engagiert worden war, das Corporate Identity für Frankreich zu gestalten. Seine frische Art hatte bei der Regierung Anklang gefunden. Wir lernten weitere Künstler kennen. Manche kamen aus grafisch-künstlerischen Berufen.

***

Entlang der Seine fielen uns »Weißen Leichen« auf, die mit groben Pinselstrichen überlebensgroße menschliche Figuren darstellten. Manche waren in schwindelerregenden Höhen die auf Fassaden alter Häuser gemalt. Dank einer Einladung von Jef, begegneten wir dem Urheber auf einer Performance. Jerome Mesnager malt heute seine »Weißen Leichen« auf Leinwand. Jef Aérosol ist weiterhin aktiv und sprüht seine Schablonen-Graffitis in zum Teil monumentalen Ausmaßen weltweit.

Großbaustelle

Beim Verlassen des Waggons der U-Bahn hörten wir von weiter Ferne den Lärm einer Baumaßnahme. Vorgewarnt suchten Umsteiger nach Hinweisen auf gesperrte Anschlussstrecken. In dem endlosen Gewirr an Gängen der größten Metro-Station »Châtelet–Les Halles« ist eine Umleitung kurz vor dem Ziel nerventötend. Im Zweifel heißt das, die Hälfte des Weges zurück, um einen alternativen Anschlusszug zu erreichen.

* * *

Wir drangen in das Tunnelsystem ein. Uns war sofort klar, dies war der Weg zum Umbau, denn die Lautstärke legte zu. Der sonst bei der nächsten Gabelung stehende Blumenhändler hatte seinen Platz geräumt. Bei dem Getöse ließen sich keine Sträuße verkaufen. Romantische Gefühle kamen bei dieser Menge an Dezibels nicht auf. Vermutlich verwelkten die Blumen.

Foto: Pierre Dietz

Ein Förderband brachte uns kontinuierlich dem Abriss näher. Panische Fahrgäste versuchten, gegen die Richtung zu fliehen. Eindeutig zeichnete sich das Hämmern eines von einem Kompressor betriebenen Presslufthammers von dem übrigen Krach ab. Die Geigerin, die sonst am Ende der Personenbeförderungsanlage klassische Musik zum Besten gab, war verschwunden. Vermutlich fand die virtuose Künstlerin ihre eigenen Töne nicht mehr.

Collage: Pierre Dietz

Großbaustelle

Eine Treppe tiefer hörten wir eine Abrissbirne dünnes Mauerwerk einreißen. Der Boden vibrierte unter den harten Schlägen der brachialen Zerstörungsmaschine. Der Zeitungsladen am Ende des unterirdischen Platzes hatte geschlossen. Durch die Vibrationen war Lesen unmöglich. Vermutlich löste sich die Druckfarbe von den Seiten. Erste Absperrbänder zeigten an, wir waren nicht mehr weit von der Vorbereitung zur Sprengung entfernt. Obwohl der Regelbetrieb auf dieser Strecke unwahrscheinlich war, setzten wir unseren Weg fort. Die südamerikanischen Andenmusiker, die sonst in dieser Halle spielten, hatten das Weite gesucht. Kein Flug des Kondors wäre in der Lage, sich gegen den infernalen Krawall durchzusetzen. Vermutlich löste sich die fragile Verleimung der Panflöten.

Wartungsarbeiten an einer Rolltreppe. Vollsperrung. Umleitung für den Weg nach oben. Die Wartungsmonteure waren verschwunden. Durch den Schalldruck waren die überlasteten Arbeiter nicht in der Lage, das Werkzeug festzuhalten. Vermutlich lösten sich die Schrauben der fahrenden Treppe von alleine. Das Schaben einer Tunnelbohrmaschine stülpte sich über den Baulärm. Wir waren kurz vor dem Ziel. Der Gang bog nach links ab. Keine Absperrungen, keine Warnhinweise, keine Rundumblinkleuchten. Wir hielten uns die Ohren zu, um Schäden zu vermeiden. Keine Kommunikation war mehr möglich. Wir standen vor der Aufgabe. Per Augenkontakt signalisierten wir uns, durchzuhalten. Die Schläge schmerzten auf der Haut. Die Magengegend kam nicht zur Ruhe. Die Vibrationen brannten auf den Fußsohlen.

Unsere letzten Reserven Mut aufbringend bogen wir ab und sahen statt einer Baustelle eine Handvoll afrikanische Trommler, die freudig aggressiv ihre archaischen Instrumente tyrannisierten. Jeder Schlag dröhnte in den Ohren. In den Weiten der Heimat der Rhythmuskünstler modulieren sich die einzelnen Töne zu über enorme Distanzen verständliche Nachrichten. Vermutlich klingt das Arrangement in freier Wildbahn harmonischer.

Blut im Rinnstein

Die Straßen konkurrierten in den Grautönen mit dem herbstlichen Himmel. Der Wind fegte den Staub die heruntergekommenen Fassaden entlang. Die Kühle trieb die Passanten in die Cafés oder Kaufhäuser. Ich war mit zwei Freunden auf der Suche nach Instrumentenbauern im Neunten unterwegs. Der Stadtteil war bekannt für seine Musik-Fachgeschäfte. Wir suchten nichts Konkretes. Ein rein informativer Bummel. In den Läden mit E-Gitarren testeten wir Effektpedale und bei den klassischen Gitarrenbauern spielten wir auf den Ukulelen. Wir zogen von einer Straße zur anderen, bis wir am »Place Pigalle« ankamen. Kurz vor Mittag war dieser wenig belebt. Wir beratschlagten, wie wir weiter vorgehen. Vor uns lag der Montmartre. Von dieser Seite kannte ich den Hügel nicht. Bisher war ich über den »Boulevard de Rochechouart« zum »Place du Tertre« oder zur Basilika »Sacré-Cœur« hinauf gelangt. Meine Freunde reizte der Gedanke, in ein Gebiet vorzudringen, welches ich zuvor nicht betreten hatte. Der Weg führte bergan, was unsere Schritte verlangsamte. Wir irrten eine Zeit lang durch das Labyrinth aus engen Gassen und zahlreichen Boutiquen.

Wir kamen in ein Quartier, in dem überwiegend Nordafrikaner unterwegs waren. Die »Rue Lepic« beschrieb eine Kurve nach rechts. In rund vierzig Metern Entfernung standen zu beiden Seiten der Pflastersteinstraße zwei Menschentrauben.

Fotos (2): Pierre Dietz

Die Frauen trugen Kopftücher, die Männer schwarze Kaftane. Irgendetwas hatte ihre Gemüter erregt. Uns gegenüber schimpfte ein Kurzgewachsener mittleren Alters auf Arabisch. Vor uns schrie eine Beleibte in schrillen Tönen zurück. Die anderen diskutierten leiser. Wir fragten uns, weshalb diese Personen ihre Auseinandersetzung in aller Öffentlichkeit führten. Da wir nichts von dem Gesprochenen verstanden, mutmaßten wir Eheprobleme. Wir kamen dem Geschehen immer näher. Manche Blicke trafen uns misstrauisch. Wir spürten, fehl am Platz zu sein. Den streitenden Parteien war unsere Anwesenheit nicht recht. Ließen die aufgebrachten Angehörigen uns unbehelligt vorbei? Wählten wir besser einen Umweg? Vier Meter trennten mich, der vorausging, von der Frau. Im Augenwinkel sehe ich, wie der Zwerg von der Gegenseite eine Pistole zog. Bevor ich reagierte, legte dieser an. Drei Meter. Alle Gespräche verstummten. Zwei Meter. Ein Knall zerriss die Stille. Kreidebleich krachte die Rundliche vor mir zu Boden. Blut quoll aus ihrem Körper und zog neben uns im Rinnstein den Hang hinunter.

Nachdem wir uns von dem Schock erholt hatten, suchten wir aus Angst vor weiteren Schießereien das Weite. Außer Atem erreichten wir nach dreihundertfünfzig Metern den »Place Blanche« und retteten uns in die Metro. Lange plagte uns der Gedanke, was geschehen wäre, wenn der Schütze die Frau verfehlt hätte.

Ablaufdatum

Ein junger Erwachsener stirbt bei dem Gedanken an ein über das Mindesthaltbarkeitsdatum hinaus gelangtes Lebensmittel. Dahingegen scheinen ältere Semester gegen die rein willkürlichen Angaben zur Alterungsbeständigkeit immun zu sein. Meine Tante Cricri hortete an allen verborgenen Plätzen – wegen möglicher Kriegsgefahren – Essbares aller Art und vergaß diese dort.

Fotos (2): Pierre Dietz

Eine Tafel Schokolade aus der Schublade mit Schreibutensilien ist zwei Jahre über ihre Zeit hinaus gereift.

„Hast du je verkommene Süßigkeiten gegessen?", lautete die vorwurfsvolle Gegenfrage.

Neuere Untersuchungen von Lebensmittelchemikern haben erwiesen, Joghurt hält Monate länger als angegeben. Die Brühwürfel zum Herstellen einer »Court-Boullion« für das Kochen der Krustentiere ist erst ein kurzes Jahr übers Datum.

„Das ist getrocknet!", ereiferte sich meine Tante. „Da bildet sich kein Schimmel!"

Durch richtige Lagerung sei den Wissenschaftlern zufolge eine längere Haltbarkeit normal. Ein Fabrikant scheut den Regress und kalkuliert einen ordentlichen Puffer ein.

Für Verderbliches gilt: Je kälter der Kühlschrank, desto länger hält der Fisch. Das Gerät meiner Tante aus den Anfangsjahren der Sechziger betrieb einen Trafo, der aus dem herkömmlichen Haushaltsstrom den damaligen Zustand von hundertzehn Volt

Gleichstrom bereitstellte. Gefühlte zwölf Grad Celsius erbrachte das Utensil antiker Ingenieurskunst zu seinen besten Zeiten. Das Eisfach eignete sich zum sanften Auftauen.

„Sollten wir uns nicht mal etwas gönnen und Essen gehen?"

„Das ist herausgeworfenes Geld! Zumal ich für heute Abend alle frische Zutaten schon eingekauft und die Treppen hinaufgetragen habe! Außerdem weißt du nicht, was die Köche in ihre Töpfe werfen!"

„Soll ich kochen?", bot ich an, um das Schlimmste zu verhindern.

Der Fisch strömte keine Warnsignale aus und die Butter war erst einen Monat über die Zeit.

„Wo finde ich das Mehl?"

„Für den Fisch? In einem der Oberschränke!"

In einer mit weißem Pulver gefüllten Plastiktüte – ohne Datumsangabe – wendete ich die Filets. Den Rest des Mehls warf meine Ehefrau in den Abfallbehälter. Der Reis vom letzten Jahr war in einem Kochbeutel und damit endlos haltbar. Die Sahne und die Kapern waren verschlossen und der Senf vegetierte in einem angebrochenen Glas dahin, das eine Comicfigur aus den Achtzigerjahren zierte. Senf hält ewig!

„Öffnest du den Wein?"

Durch die überstrapazierte Reifezeit hatte der Weißwein die Konsistenz eines Likörs und seinen Alkoholgehalt verdoppelt. Der Tisch war gedeckt und wir bereit, für eine Mahlzeit den Weg in die Ewigkeit zu beschreiten. Ein Aufschrei der Entrüstung kam aus der Küche.

„Mein Mehl! Wer wirft mein gutes Mehl in den Mülleimer?"

„Wir haben darin den Fisch gewendet!"

„Na und? Das ist doch noch gut! Mehl wird nicht weggeworfen!"

Der Alkohol hat uns – nach einigen Flaschen des guten Tropfens – vermutlich das Leben gerettet.

～

Ablaufdatum

Vormundschaften

Meine in Deutschland lebende Mutter hatte eine schwere Krankheit. Nachdem die Schmerzgeplagte ins künstliche Koma verlegt worden war, bat mich die Chefärztin zur Seite.

„Sie erhalten von uns ein Schreiben, mit dem Sie morgen zum Amtsgericht gehen. Eine Kopie senden wir sofort dorthin. Der Richter wird Ihnen die Vormundschaft über Ihre Mutter übertragen. Sobald Sie die Urkunde haben, kommen Sie zu mir und wir besprechen alles Weitere."

Ich fuhr am nächsten Morgen zu besagtem Amtsgericht. Der Jurist schaute mich mitleidsvoll an, stempelte das Dokument, unterzeichnete und wünschte mir Kraft und Glück. Leider war meine Mutter unheilbar und verstarb kurz darauf.

***

In Frankreich hatte der Hauseigentümer und ehemaliger Arbeitgeber meiner Tante trotz ihres hohen Alters ungesetzmäßig die Wohnung gekündigt. Cricri erlitt daraufhin einen Schlaganfall. Der Rettungsdienst brachte die Schwerkranke ins Krankenhaus »Hôtel Dieu«. Da die Sanitäter ihre Krankenkarte nicht fanden, legte das Krankenhauspersonal die Ärmste in die Abteilung für Mittellose! Ich eilte nach Paris und reichte die Versicherungsunterlagen nach. Die Chefärztin bat mich zur Seite.

„Sie haben keine Vormundschaft. Normalerweise dürfte ich den Schein nicht annehmen. Ich will in Ihrem Fall ein Auge zudrücken. Sie erhalten von uns ein Schreiben, mit dem Sie zum Amtsgericht gehen. Eine Kopie senden wir dorthin. Der Richter wird Ihnen helfen, die Vormundschaft über Ihre Tante zu erhalten. Sobald Sie die Urkunde haben, kommen Sie damit zu mir und wir besprechen das weiter Vorgehen."

Ich begab mich am nächsten Morgen zu dem besagten Amtsgericht. Der Jurist schaute mich mitleidsvoll an.

„Das wird ein paar Tage dauern, bis die Unterlagen eintreffen werden. Kommen Sie Ende der Woche wieder."

Der »Juge du Tribunal d'Instance« überreichte mir einen acht-
zigseitigen Fragekatalog.

"Füllen Sie diesen exakt und wahrheitsgetreu aus!"

"Meine Tante war im Begriff umzuziehen. Ich benötige
dringend die nötigen Vollmachten."

"Ohne das Dokument haben Sie nicht das Recht, die Sachen
Ihrer Tante zu bewegen!"

"Dann landen Ihre Möbel auf der Straße!", protestierte ich.

"Unter vorgehaltener Hand rate ich Ihnen, den Umzug
durchzuführen."

Ein Sozialarbeiter verlegte meine Tante zwischenzeitlich in ein
Altenpflegeheim.

***

Bis zu meiner nächsten Fahrt nach Paris waren alle Fragen be-
antwortet. Ich begab mich erneut zum Amtsgericht des ersten
Stadtbezirks.

"Die Adresse Ihrer Tante hat sich durch den Umzug
geändert. Damit ist jetzt das Amtsgericht des vierten
Bezirks für Sie zuständig. Bitten Sie das Krankenhaus, die
Unterlagen dorthin zu senden. Bisher sind diese bei uns
noch nicht angekommen."

Der Richter schaute mitleidsvoll in mein vom Frust entstelltes
Gesicht.

"Ich verstehe Ihre Probleme, sich von Deutschland aus um
die Angelegenheiten Ihrer Tante zu kümmern. Ich werde
Ihre Akte bei mir persönlich verwahren und versuchen,
Ihnen, so gut ich kann, zu helfen."

Nachdem ich meinem Gönner von den Erfahrungen in Deutschland berichtet hatte, erklärte dieser, in Frankreich dauere ein
solches Verfahren mindestens sechs Monate. Um mir entgegenzu-
kommen, könne das Gericht beim Prozess auf meine Anwesenheit
verzichten. Meine Tante verstarb kurz vor der Verhandlung.

Père Lachaise

Im Osten von Paris liegt eine von hohen Mauern umgebene und in sich geschlossene Kleinstadt. Sie ist beseelt von winzigen häuserähnlichen Gebäuden, deren Bewohner ihr irdisches Dasein längst beendet haben – der Friedhof »Père-Lachaise«. Den postmortalen Bauwerken ist das Vermögen anzusehen, mit dem die einstigen Erbauer der Nachwelt vermitteln, im Leben zu Reichtum gekommen zu sein. Pomp und Glanz nach dem Tod, statt Geld und Raum gegen die in der Stadt ständig herrschende Wohnungsnot. Nicht einmal die Tauben haben Zutritt zu den fensterlosen Gemäuern.

* * *

Meine Tante liebte diesen stillen Ort mit Scharen respektloser
Touristen, die lautstark das Grab von Jim Morrison suchten,
obwohl detaillierte Wegweiser die Richtung zeigten. Mit einer
weißen Rauchsäule signalisierte die Menschenmenge, das Ziel
erreicht und ein Brandopfer in Form von Zigaretten dargebracht
zu haben. Cricri, eine Anhängerin des Glamours, verweilte an
Gräbern von Persönlichkeiten, die ihre Generation in ihren Bann
gezogen haben, wie Edith Piaf, Yves Montant, Sarah Bernhardt
und Maria Callas.

Diese Berühmtheiten ruhen in der Gesellschaft von Politikern, Bankiers, Großindustriellen und Generälen, darunter Jean Moulin, Édouard Daladier und Armand Peugeot. Ein Ort Pariser und internationaler Prominenz.

„In dieser Umgebung bliebe ich gerne bis zum Ende der Zeit!", träumte meine Tante.

Ihr letzter Wunsch lautete zu meiner Überraschung anders.

„Ich habe gelebt wie ein kleiner Vogel. Frei und ungebunden. Meine Asche soll in alle Winde verstreut sein und kein Grabstein soll je an mich erinnern!"

***

Fotos (2): Ingrid Ruch

Meine Tante starb und ich hatte die Aufgabe, diesen Wunsch zu erfüllen. Nach der Erfahrung mit französischen Behörden war ich auf das Schlimmste vorbereitet. Zeitlich und finanziell.

Schwer bedrückt wendete ich mich an ein seriös wirkendes Bestattungsinstitut gleich neben dem Leichenschauhaus. Ich wagte heiser flüsternd, die Worte meiner Tante zu wiederholen. In Erwartung der Unmöglichkeitserklärung dachte ich über Alternativen nach. Käme eine Seebestattung in Betracht?

Foto: Ingrid Ruch

„Kein Problem!", verwunderte mich die Bestatterin.
„Diesen Service bieten wir auf dem Friedhof
»Père-Lachaise« an. Auf den Wiesen entlang der
»Avenue Circulaire« verteilen wir die Asche Ihrer
Verwandten. Der Wind erledigt das Übrige."

***

An einem trüben Tag waren alle Ihre Freunde zum Begräbnis ge-
kommen. Ich hielt die Rede. Der Bestatter trug einen Ascheimer
mit einem Sieb an der Unterseite. Die Klappe öffnete sich. Die
Asche rieselte heraus und verbreitete sich wie eine Weihrauch-
wolke über die Wiese. In diesem Moment verschwand der graue
Schleier am Himmel und die Sonne spendete uns Wärme. Beide
letzten Wünsche meiner Tante haben sich auf diese Weise erfüllt.

Über dieses Buch

Bei einer Weihnachtsfeier des Kulturstammtischs Groß-Gerau habe ich ein paar meiner Erinnerungen zum Besten gegeben. Daraufhin hat mich W Christian Schmitt, der Herausgeber des WIR-Magazins Groß-Gerau, ermutigt, diese zu Papier zu bringen. Seither sind diese in loser Reihenfolge dort abgedruckt worden. Teilweise sind Einzelne ebenso in Literaturzeitschriften wie der eXperimenta und dem KARUSSELL erschienen. Die längeren Geschichten über Sisi und dem Hôtel Dodun vertreibt Smart Storys (smartstorys.at) in Österreich speziell für Pendler im Abo digital aufs Handy.

Ich danke meinen Großvater Max Cabot, für seine Recherchen der Fakten zu Sisi in der Normandie, auf deren Basis ich die möglichen Mordkomplotte aufdecken konnte. Bei einigen seiner Erkundungsgänge durch Sassetot-le-Mauconduit hat er mich mitgenommen, wodurch ich den Ort und seine Umgebung sehr gut kenne. Mein besonderer Dank geht an meine leider vor langer Zeit verstorbene Tante Cricri, bei der ich einen großen Teil meiner Jugend verbracht habe. Bereits mit vierzehn Jahren hat sie mich alleine durch die Stadt ziehen lassen, nachdem sie sich davon überzeugt hatte, dass ich anhand des Metroplans immer zu ihr ins »Hôtel Dodun« in der Rue de Richelieu 21 zurückgefunden habe. Ein großes »Merci« an meinen Freund und Erstleser Martin Fenske, der mir zudem einiges Bildmaterial zur Verfügung gestellt hat. Ein weiterer Dank für Aufnahmen geht an die Fotografin Ingrid Ruch.

Sollte trotz aller Bemühungen die Rechte an Text und Bild lückenhaft sein oder sich Schreibfehler eingeschlichen haben, so wenden Sie sich bitte an: post@contrabasta.de

Weitere Bücher des Autors

Briefe aus der Deportation

Französischer Widerstand und der Weg nach Auschwitz.

William Letourneur, *1898 – †1973, geriet in die Mühlen der Gestapo und wurde nach Buchenwald deportiert. Vom Tag seiner Verhaftung bis zur Evakuation aus Lublin nutzte er jede Gelegenheit, heimlich und offiziell Briefe an seine Frau zu senden. Aus Auschwitz kamen keine Schreiben mehr.

Das Geisterfestungsfest

Jugendroman, 216 Seiten, zahlreiche Zeichnungen.

Im Jahr 1435 gerät ein Waisenjunge in die Fänge des Wirts der Festung Rüsselsheim. Eines Nachts schickt er ihn einen Schinken aus der Brunnenstube zu holen, wo ihn bereits die Geister erwarten. Er soll ihnen helfen, den »Zugang zur Unterwelt« bekannter zu machen, um an die Münzen der Toten zu gelangen.

Orientalische Küche
trifft Rheingau-Wein,
Kochbuch.

Nicht mehr als drei Gewürze?
Die Rezepte stellen diese
alte Regel auf den Prüf-
stand. Menüs für Feier-
tage bis hin zur Grillparty
werden mit ansprechenden
Fotografien in Szene gesetzt.
Zudem stellt der Autor Weine
aus dem Rheingau vor, die
hervorragend zu scharfen
Speisen passen.

Der Stiefmutter-Planet
Comic, 48 Seiten.

In ferner Zukunft erreicht
die Erde, nachdem sie aus
ihrer Umlaufbahn kata-
pultiert worden ist, wieder
das Sonnensystem. 1.600
Jahre sind vergangen. Die
Menschen haben unter-
irdisch dank der Erdwärme
überlebt. Mit einer atoma-
ren Explosion will man den
Planeten wieder in seine
alte Umlaufbahn zwingen.

Weitere Bücher des Autors

BARAKABAS
plötzlich allein
Illustrationen von
Beate Koslowski,
Vorlesebuch, 40 Seiten.

Eines Morgens wachen
Barakabas und Buffy nach
einer Nacht auf einem Heuhaufen auf und stellen mit
Schrecken fest, ihr Zirkus
ist weg! Mutig begeben sich
der junge Zauberer und die
Katze auf die abenteuerliche
Suche.

»King« Artus
und das Geheimnis von Avalon
Roman, 512 Seiten, zahlreiche
Karten und Grafiken.

„Eines Tages stehen Artus und
Merlin wieder auf und erheben
dieses Land zum Zentrum der
Welt!"

Detailreich recherchiert, führt
uns dieser Roman von der Er-
schaffung der Menschheit bis
zur Suche nach dem Heiligen
Gral in die Bretagne.